作者于1958年8月参加全军文艺会演时，受到毛泽东、刘少奇等党和国家领导人的亲切接见（红线圈内为作者）

作者（前排左5）1986年离队转业前和战友们合影

作者1995年随广州市文教系统赴澳大利亚学习考察时，与广州市副市长姚蓉宾合影

作者（右1）2005年陪同海南军区领导（少将）接见“战友会”的原军区战线文工团战友

作者与原广州市政府副秘书长、中共广州市白云区委书记李治元合影

作者时任白云区政协常委，在政协大会上与区政协主席周昇海及其他领导同志合影

作者与新华社副社长石少华（右2）合影

作者与夫人贾萍——全国“双优”文化艺术先进工作者在金婚庆宴上合影

作者和镇文化干部及村委书记合影

作者及画家刘加振与中共汕头市委常委周镇松合影

作者参观内衣制造生产车间

作者在当地部门负责人陪同下到拥有高端设备的内衣工厂参观考察

祭社集锦

美丽乡村剪影

长篇小说

激流

郑增辉◎著

羊城晚报出版社
·广州·

图书在版编目（CIP）数据

激流 / 郑增辉著. —广州：羊城晚报出版社，2018.9
ISBN 978-7-5543-0614-7

Ⅰ.①激… Ⅱ.①郑… Ⅲ.①长篇小说—中国—当代
Ⅳ.①I247.5

中国版本图书馆CIP数据核字（2018）第162713号

激　流
Jiliu

策划编辑 朱复融
责任编辑 朱复融
责任技编 张广生
封面设计 友间文化
责任校对 杨　群
出版发行 羊城晚报出版社
（广州市天河区黄埔大道中309号羊城创意产业园3-13B
邮编：510665）
发行部电话：（020）87133824
出 版 人 吴　江
经　　销 广东新华发行集团股份有限公司
印　　刷 佛山市浩文彩色印刷有限公司
（佛山市南海区狮山科技工业园A区　邮政编码：528225）
规　　格 889毫米×1194毫米　1/32　印张6.125　彩插4　字数150千
版　　次 2018年9月第1版　2018年9月第1次印刷
印　　数 1—5000册
书　　号 ISBN 978-7-5543-0614-7
定　　价 56.00元

序

表现真善美，弘扬真善美

◎顾兴义

拜读了老朋友郑增辉的力作——长篇小说《激流》，令我感慨良多。一个“80后”（80多岁）的老人，仍然不忘初心，昼夜伏案，为表现真善美，弘扬真善美而笔耕不辍，真是善哉！伟哉！

《激流》表现的是，在改革开放的大背景下，原本就贫穷、落后、保守的潮汕地区某一村镇，在镇委书记陈聪平和村民庄振强的带领下，以敢教日月换新天的大无畏精神和气魄，与天灾人祸作不屈不挠的斗争，终于使这个小镇发生了翻天覆地的变化。从一个贫穷落后的农业镇一跃成为国家重点工业镇、先进镇。全镇有3000多间工厂，全国乃至全世界的女装内衣和牛仔裤很大部分从这里生产。全国各地到这里打工的外来人口有20多万。原本的穷乡僻壤，而今是一个繁华的工业重镇，成为全国第一批脱贫致富的乡镇，全中国乃至全世界的名镇。这真是奇迹！是中国改革开放的榜样！

这个小镇的脱贫致富，印证了近年来党中央提出的振兴乡村的战略英明正确。乡村要振兴就应该像这个小镇那样，以工业为龙头，把一二三产业高度融合发展，这样才能使农民富起来，农业强起来，农村美起来。史诗般的《激流》，作者以朴素的语言，真实生动的描述，在我们面前展现了一幅幅感人的场景，既有惊心动魄的正义与邪恶的斗争，创新与守旧的抗衡；又有温馨的爱情、乡情和令人赏心悦目的风土人情。作者以细腻的笔调塑造的正面人物陈聪平、庄振强和庄舜琴等人物，其不忘初心，一身正气，不屈不挠，大公无私，是非分明的气概和精神，跃然纸上，感人至深。这股满满的正能量，使人灵魂得到净化，激发人们在新的征程砥砺前行，为实现中国梦而奋斗！

文学作品要达到真善美的境界，可不是易事。但作者做到了。这部作品，既有真实的故事，生动的描写，又有高尚的主题，正是基于此，才能使读者受到美的熏陶。文学作品要达到真善美的境界，真是说易做难。这需要作者具有多方面的修养。这多方面的修养就决定作品的高度、深度和宽度。外国有谚语曰："烙饼再大也大不过烙饼的模。"有多大的"模"就做多大的"饼"。这个"模"就是一个人的综合素质和修养。增辉兄正是具有多方面的素质和修养。

首先，他从少儿起，就博览群书，在26岁前就通读了国内外文学名著。他家中藏书近万册，退休后每天坚持看书报5小时以上，这让专业人士汗颜。正是大量阅读，让他开阔了视野，吸取和借鉴了文学优秀传统。站在巨人肩上，自然比别人看得高远！

其次，他有丰富的阅历，他先后任职军、党、政、工和企达50年之久，丰富的阅历，使他的思想水平不断提高，对党和国家方针大计了如指掌。

再次，他长期以来，时时处处关注家乡的变化，他多次返乡探亲、采风和考察，都注意深入观察和了解社情民意，并把所闻所见所感用日记的方式记录下来，积累了大量的写作素材，这才能水到渠成，瓜熟蒂落地诞生《激流》。

增辉兄《激流》的面世，我认为不仅对同辈人有借鉴和启发意义，对晚辈更具有示范和教育意义。它告诉人们，人的生命要有价值和意义，必须实现“三级跳”：第一跳是从穷到富，富包括精神和物质两个方面，物质富了文化精神穷仍是土豪。要有大作为必须这两方面都富。第二跳是从富到贵，贵就是道德情操高贵，不能为富不仁。第三跳就是从贵到雅，雅就是高雅文雅，有较高文学艺术修养，能为后代留下一些精神财富。有人说，土豪还须加上文豪，才是真正的富豪。这说法我认可。增辉兄虽然或许算不上什么富豪或土豪，但已经基本上实现了这三次华丽的转身，他的人生就是既有长度，又有宽度厚度的人生！我衷心为增辉兄不一样的人生点赞！

（作者系广州大学人文学院教授、硕士生导师）

目录

引文

赤砺虽是一个乡镇，但全镇人口却有30多万。离乡外出谋生的人也有30多万，这样一个有13个乡村的集镇，人口如此惊人。它背靠大山，面向着世界上最大的海洋——太平洋。

穷则思变，几百年来许多人漂洋过海去谋生。赤砺镇人口众多，土地极少，土地改革时平均每人只有四分田。在过去的岁月里，大多都是一年只有半年口粮，另外半年只靠吃番薯杂粮过日子，因此大多数人外出求生，全国乃至全世界，甚至到非洲去种菜的都有赤砺镇人。赤砺人漂流海外，大都在东南亚的泰国、马来西亚、新加坡、菲律宾、安南（现在叫越南）和中国香港地区。后来在外的华侨渐渐多起来，许多贫穷人家总是日日翘首盼望侨批的到来，生活上几乎全靠这些侨批帮助了。

1978年，中国的改革开放，如一声春雷震撼了大地……

然而，身处边远、耳目闭塞的赤砺农民，似乎还没听见春雷声，仍旧面朝黄土背朝天地希望从有限的水田里多收点粮食。

但是，粮食值几个钱？尽管这里高产闻名，却依然是一半稀饭一半番薯……

开放改革的春雷没有唤醒赤砺农民，却唤醒了出国谋生的赤砺人。

庄思潮是一位早年移居泰国的赤砺人，现在的身份是泰国赤砺同乡会会长。1980年，庄思潮从国外发了一个电报给赤砺上铺乡的老同学庄振强，说他准备回乡办厂创业，产品全部出口。他邀请几位老同学加入他的企业管理。“有生意做？”庄振强高兴得跳了起来。

庄思潮携着同乡华侨庄明德，两人欢欢喜喜回到故乡。庄思潮一行三人，走遍十三乡，然而，眼前的一切，又令他大失所望。祖国改革开放的春风已吹遍大地，到处热火朝天，许多外商华侨都到国内投资办企业，而赤砺乡却还是一潭死水，还是日出而作，日落而归，死守那三分水田。

翌日，他们三人来到镇政府，镇政府人来人往，只见镇政府大门贴着一张大红纸，上面写着：“热烈欢迎陈聪平同志到我镇任书记。”

陈聪平，邻县人，是刚脱下军衣、从某军区某部转业的军官。

“哇，好高大！”庄思潮眼见走进大厅的新书记陈聪平高大威武，一双雄鹰翅膀似的粗眉，鼻头高高，真是一位从武的军人。

“投资办厂，产品外销，好！”陈聪平一拍大腿，“就这么定了……”

几天后，庄思潮一行三人到田地里考察厂房的地基。

此时禾苗长势茂盛，正在扬花，庄明德指着一片田说：“这片田地靠公路很合适办厂……”

“好，就定这儿了！”庄思潮一拍大腿。

翌日他们请来一辆推土机，要推平这块水稻田。

突然，来了一大群人，拦住了推土机，不许推掉正在扬花的水稻，人多嘴杂，大吵大闹，不好了，这里人的那股保守思潮让庄思潮内心恐慌了。就在这时，新书记来到人群中，一会儿就被人们围住了，还动起手。

“胡闹！”一声呵斥，把大家一下子镇住了。人们循声望去，是“老队长”。原来众人闹事时，有人去打电话告诉离休在家的原北山游击队队长庄松海，他一出面，闹事者一个个缩了，散了……

赤砺的开放，就是从这场闹剧开始的。喜看开放改革的铺开，许多农民有幸大办工厂，并到港澳和国外推销产品，大开眼界。然而又从国外带来了一些负面的思想，在赤砺的改革开放中制造了多次风波……多少进步中便有多少风波，多少争斗，然而每一次风波过后都是一次发展。

穷乡赤砺经过多次风波后，最终成为一个繁华的工业重镇，从一个贫穷的农业镇一跃成为国家重点工业镇，全镇3000多间工厂，全国全世界的女装内衣和牛仔裤从这里生产，发售到全世界。镇年利润30亿，每年创税三亿多元。全国各地到这里的外来工20多万。这里面有多少故事啊！

第一章 台风姻缘

潮汕的赤砺镇，丰收在望，十三个村的禾苗，长势喜人，粗壮的禾苗正在扬花，一片片深绿，片片白花，村民无不拊掌庆幸，芒种已过，今年的芒种蛾没有光顾。赤砺乡的农民最害怕的是芒种蛾，即芒种前后的飞蛾咬断正在扬花的水稻杆，招致成片成片水稻都成了空壳。幸好幸好，芒种已过，飞蛾没有出现，一片丰收景象。赤砺镇十三个自然村中，上浦村最大，全村分八个小村，人口近十万，人多田少，每人平均只有三分多田，虽然赤砺镇早已成为千斤镇，然而，人多田少，丰收还是要饿肚子，吃番薯。因此历年来，赤砺镇十三乡许多人去过番（出国去南洋），大多去了泰国，新加坡、缅甸、安南（越南）、菲律宾、马来西亚。几乎家家户户有番客，年年盼侨批来补充生活。

而今，全镇在家人口近30万，在国外近30万，在全国其他地方大约也有30万，赤砺镇是闻名的人口巨镇，人多肚空，怎么过？怎么过？只能各显神通，有出外做生意谋生的，有帮人种菜的，七十二行，行行都可谋生。

然而大多数赤砺人眼光短浅，只看到乡里那三分田，难道就没有能人吗？

怎会没有！今年以来，不知谁个带头“行木”，赤砺镇和附近的乡镇农民要建房子，房子一律是下山虎，四点金。因此需要大量木材（杉木）。有人发现这个商机，便打探到贵州省黎平有大量杉木，价钱便宜，从而找到一条小生路。你看，而今赤砺公路两旁摆满了木材铺，成行成市，约有20多家“杉铺”。

“振强号”木材铺赫然其中，上个月庄振强看到做木“有得赚”，他与老父亲吵了一番，硬是卖了400斤口粮做本钱，学人去黎平“行木”。

庄振强30岁了，尚未成家，赤砺人有风俗，婚礼要大摆酒席，花很多钱。庄振强心中早有情人，但是无奈啊！无钱无脸面。老父亲眼见儿子一年一年长，心中着急啊！

庄振强好头好面硬汉子，身高一米八，征兵那年过了体检，却让老父亲拦下了，家里无劳动力啊！庄振强只读了3年书便回家种田，挑起三亩水田劳作的重担子。高大威猛的庄振强总是累得倒在田头睡着了，在这穷苦乡里，哪时才有出头之日？庄振强总是瞪着圆圆的大眼睛，粗黑的关刀眉头皱在一起。他想啊想，发财之路在何方？贫穷苦了这彪形大汉，有了心中恋人多年了，却让两座大山挡住了：一座是“钱”；一座是女朋友的父亲，挡住了啊！怎不苦恼？

有人开了木铺，有点希望。于是庄振强怀揣那几百元口粮钱，跟着人奔往贵州省黎平，千辛万苦买下了头一车杉木，欢欢喜喜运回了赤砺公路边的铺棚。正准备卸车开张，忽然间一股狂风卷起，满天乌云。“不好！台风，台风，赶紧，赶紧……”庄振强领着几个工人卸木头：“快快快。”

风呀，越刮越大，越刮越紧。“怪了怪了，芒种刚过，往年要夏至后才有台风啊！”庄振强扛着木头，自言自语，心想老天不让我发点财？正想间一阵狂风卷向庄振强：“哎哟！”他大叫一声，被旋风卷在地上，那根长长的杉木压在他右肩上，表情十分痛苦。

“快快快……”帮工们七手八脚抬下木头，要去抬庄振强，庄振强大叫：“哎哟！”他脸色铁青：“我肩膀动不了，动不了啊！好痛……”

正在帮忙卸木材的父亲庄应友闻讯跑了过来，扑在儿子身旁。

“阿强阿强，伤到哪个部位……”

“肩、肩……”庄振强表情十分痛苦。

“快快快，快卸木，请汽车帮忙送县城医院。”

在货车司机的帮忙下，庄振强被送进了县人民医院。经检查，左肩脱臼了，医生为他复位，但是整个左肩肿了，隆起了一个大包，医生让他留院治疗。

“无奈、无奈……”坚强壮汉庄振强眼角流下两颗大的泪珠，铁汉子啊！何曾如此泪流。

“那几担谷扔大海了……”庄振强喃喃自语。现在住院要交200元押金，他口袋里只有50多元。难啊！1分钱难倒了英雄汉。

“你勿担心，我去借……”老父亲站了起来，出了病房。

“借？我那本钱化水了啊！”庄振强无奈地闭上双眼。

他默默地思考着，真是天不容我啊！口粮让我卖了，下个月的口粮呢？全家5口人喝西北风吗？本想这车木能赚两三百元，买回那几担口粮，然而啊！人算不如天算，唉，怎么办啊！他想出院，把那车木头一次批发给人家，便宜一些也好拿回本钱，买口粮和交医疗费，他动了一下，想转身。

“哟！”

不行，动一下那左肩，关节犹如针刺般的疼痛。无奈啊！他闭上双眼，人啊，再有能耐，伤坏身子还能做什么啊？他恨，恨那场台风，愁呀，想了许多许多。

……

“阿强……”

忽然耳边响起银铃般的姑娘声音，庄振强依然闭着眼，他觉得在梦里呢！

“阿强兄！”有人推了推他。庄振强睁开眼一看。

“哟，阿琴，舜琴你……”

“你入了医院，也不托人说一声，哼，太小看人了……”庄舜琴嘟着小嘴扬起一双月眉，嗔怒地。

“哇，阿琴我，我……”庄振强感动得不知说什么好。

庄舜琴和庄振强是邻居，只隔一间屋，曾经同在植记小学读书，同级同班，到三年级升四年级时，庄振强不读了，回家当劳动力耕田了。庄舜琴继续上学。那时，从二年级开始庄振强便经常缺课，被父亲叫回家帮忙做农活，庄振强8岁就下田插秧了。因此，庄舜琴晚上常常到庄振强家帮他补课。两小无猜，庄振强、庄舜琴打小便互生情愫。几年来，农忙时，庄振强也常到庄舜琴家帮忙插秧收稻谷挑粪下田。那少年岁月，双方父母也还无姻缘之念，尽让他们两人嬉笑追逐。然而少年到青年，情之所至，无法阻拦，两人虽没明说，但心里姻缘早定。庄舜琴心里只有庄振强，庄振强心系庄舜琴，但家穷不敢妄求……

沉寂了一会儿，庄舜琴从内衣口袋里摸出一个手帕小包。

“里面有220元，够了吗？”庄舜琴把小布包搁在庄振强胸上。

“你、你……”庄振强一时口吃。

“我做（绣）花积下的，你先用……”

“这不、不、不……”

“不什么？都到了这个时候了，还要面子？”

“不是啊！你爸知道了就……”庄振强明知庄舜琴父亲对他们婚事不满，去年庄振强的父亲去庄舜琴家向她父亲庄伟洪提亲，被拒绝了。庄伟洪老汉有自己的小算盘，他要把女儿当财宝啊！

前年E国华侨，赤砺林厝人林楚哲，带着妻儿回乡祭社时，在灵山拜祭社公时与庄伟洪相遇，两人曾是旧友，一路走一路聊天。走出小路，上公路时，忽然庄舜琴迎上前接过父亲肩上拜神的担子，陪父亲走着。

“这是……”林楚哲问。

“早仔（女儿）。”

“噢，好雅啊（好美丽）！”林楚哲父子仔细端详了庄舜琴一会儿。

“这个姿娘仔（姑娘）好美啊！”

“种田人，哪会……”

“不过我们哪里有福气？我儿子你看……”林楚哲把儿子拉到庄伟洪面前。

“今年十八了，虽然小了点，妻大抱金……”

林楚哲盯着眼前美女，啧啧称“雅”。是啊！庄舜琴一头黑发披肩，就像一幅瀑布，瓜子脸，弯弯月眉，亮亮杏眼，瓦筒鼻梁，小小樱桃嘴，胸脯隆起……

林楚哲父子看傻了：“老友，我在那边有个橡胶庄园，需要有人当家啊！”林楚哲话中有意。庄舜琴掉过头去，迈开大步走在前头，瞬间无了踪影。庄伟洪点了点头。

“再商量吧！”他已经默许。

从此，他处处防备庄舜琴和庄振强的交往，农忙也不叫庄振强帮忙了。

然而意志是不可移的啊！庄舜琴是铁了心和庄振强在一起了。

庄振强自认家穷，不敢妄想，但心有不甘，也不敢对庄舜琴明说。

“我不会离开赤砺的，你去做吧！做什么我都支持……”庄舜琴情真意切。

“可是我……”

“大男人，去做大男人的事，我等你……”

庄舜琴非常了解面前这个硬汉子，是一个不到黄河心不死的硬汉子。“今生只有你！”庄舜琴临走扔下这么一句坚强的话语……

庄振强伤愈出院了，他回到赤砺，刚到车站下车，忽然有人叫他。

“振强，振强……”

“噢！”庄振强回头望去是庄振浩。

“邮局通知你去拿个电报，都3天了……”

“电报？”奇了怪了，我有什么电报？贵州黎平？不是吧！我都结清账了……

“外国来的……”

“外国？”庄振强摸了摸头，怪了，我们家无人在外国啊！

“真的？”

“你去邮局看看吧！”

“好！”庄振强直奔镇邮局，签了名拿到一份电报。

“哇，思潮，思潮……”庄思潮是庄振强儿时好友，小学二年级的同学，后来被父母接到B国去读书，读完大学，帮助父亲开工厂，现在父亲已退休，所有工厂和产业都交给了庄思潮，庄思潮生意越做越大，一直做到中国的上海。上次上海之行，他发现祖国正在打开国门，进行开放改革！生意人，办厂的人跃跃欲试，他想起故乡潮海赤砺乡，那故乡人多地少，要改变改变，乡里十万八万人口耕几块死田，有何出路？他真想回故乡看看。于是，他给儿时好友庄振强发了个电报，说要回故乡看看办个工厂……

“好啊！你来，你来……”庄振强高兴得自言自语……

一个星期过去了，思潮还未来。庄振强天天跑去车站等。

“还认得吧！”庄振强生怕认不出儿时的老友。但是他心里有渴望，渴望办厂致富。于是，每天刚天亮，他便去车站等老友，那是希望啊！等了5天，这天日已过午，只见班车入站，刚停下，头一个走下车的是着西装皮鞋领带，一派侨商形象的庄思潮，后面还跟着一位同伴。

“是了是了……”庄振强认出了小时候的老友，额头有颗黑痣，乡下称太阳痣。最好的印记啊！

庄振强走上前，紧紧抱着庄思潮，刚强汉子此时却眼角泪下。

“多少年，多少年了，老兄弟，老兄弟……”两人相拥许久许久……

庄振强把庄思潮接到家，腾出一间大房子。

“赤砺无宾馆旅社，你就住我这里吧！”

“我要去老屋看看……”庄思潮怀念出国前那座老屋。

“不要去，屋倒了，台风刮倒了，幸得无人……”

“噢！”庄思潮潸然泪下。他摸了摸头顶的灰白头发，庄思潮才30岁，却是头发灰白，他自己称“少年白”。

“累啊！农场、工厂、销售，累得我喘不过气啊！现在世界潮流兴服装，可是我手中无人啊……”

“人，这里多到好几个圩市……”

“人多无事做？”庄思潮问。

“是啊！一个人就三分田。有多少事做啊！现在不少人在行木，你看公路两旁的木材铺……”

“房屋建完了，还有人买木材吗？”

庄思潮一言点醒老友："那不是长久之计啊！"

"那也是无法中之法啊！"

"办厂做服装，卖给全世界，只是缺人工。"

"人工？你看，乡里人头攒动啊！"

"只是无地……"

"只要有钱赚，犁掉田办工厂！"

庄振强雄心壮志："只要有本钱，有销路，人我包了。"

"有有有……"庄思潮拍大腿了。

翌日，庄振强带着庄思潮和他的同行伙伴龙德光出门了，走向田洋，走向正在扬花入浆的茂盛禾田。

"哇，好收成，你看，正在入浆……"

庄思潮禁不住啧啧称道："赤砺人勤劳，就是会种田……"

"田是好，可惜太少；亩产千斤，全国出名又如何？还是饿肚子，无钱用啊！人多田少无产业啊！"庄振强摇头叹道。

"犁掉这些稻田，有些不舍啊！"

"不舍也得舍，只要你有本钱有销路，总比一亩田收2000斤价值高，总比许多人在家闲聊……"

"对，赤砺人多啊！"

"就是，我们上浦乡十三个村就有近10万人，还可以到邻村招啊！"

"我是有几单长期订单，主要是牛仔服装和妇女文胸，就是女装内衣啊！"庄思潮胸有成竹。

"那好，我们去镇政府申请厝地……"

"好，明天上镇里探探口风。"

……

第二章 阻力

连日来庄思潮在庄振强的陪同下，跑遍上浦十三村，处处禾苗茂盛，村里闲人多多，死气沉沉，有人在下棋，偶尔也听到民舍间传出悠扬的潮汕乐曲，生活优哉游哉，正似平湖秋水，没有泛起波浪。庄思潮边看边叹气，内心却是阵阵波浪连连泛起，他为了回国投资，曾经跑了几个城市，祖国开放改革似东风劲吹着，像火焰燃烧着，深圳、珠海、广州等等已经卷起千层浪，许多大大小小的新兴工厂正在热火朝天建设中，市场热起来了，而这人口众多的潮汕平原，劳力众多的赤砺乡里，却是死气沉沉，一个个寄望着那三分田的丰收。

“保守，太保守了……”庄思潮喃喃自语，“落后兼没文化，愚蠢哎！长此下去，何时见天日啊！唉！”庄思潮一声长叹。

“我们镇政府的一些头头们都在争官争权啊！老兄，哪里顾得上平头百姓，顾得上开放改革。也是，他们手中无本钱啊！”庄振强无奈地摇头说。

翌日，庄振强带着庄思潮上镇政府找领导谈投资办厂之事，他俩跃跃欲试，庄振强心头扑扑直跳，他十分希望镇领导会支持他们办厂，这是庄振强做梦都想的事啊……

镇政府今天人头拥拥，平时这里死气沉沉，今天怎么了，人们来来去去，进进出出，大门外有一幅红纸，写着：“热烈欢迎陈聪平书记！”

“换书记了？”庄振强停下脚步，盯着那张大红纸，自言自语。

“换新书记？”庄思潮有些迷惘。

“是啊！原来那个书记叫林志大：大把捞钱的人啊！这个王八走了，赤砺人要庆祝一番啊！”

“为什么？”

“这是个鸡蛋过手轻四两的贪心书记，请示他办什么事，大事小事都要‘手信’，红包加大中华……”

“什么大中华？”

“潮海人、赤砺人穷是穷，但都吸大中华香烟，一包一百多元啊！你抽吗？”

“我从不抽烟。”庄思潮摆了摆手又说，“我们去拜访新书记，可不能空手啊！”

“人家今天才报到，也不知深浅，人多眼杂，我们提着这些礼品进去不太好，不好意思，我是本地人，哪个不认识，以为我买官哩！回去吧，明天再来，新官上任三把火，我们莫被他烧了头一把。”

于是他俩回头了，返回庄振强家里喝工夫茶……

陈聪平，蒲林县人，刚从部队转业，原是中国人民解放军某部团参谋长，现役军人转业到地方降一级使用，因此，他转业到潮海任常委兼赤砺镇党委书记。

过了两天，庄思潮估摸新官上任三把火烧得差不多了，拜访、托大脚的人也该散了，天下哪有不散的宴席啊！于是，庄思潮拉着庄振强，提着一花篮礼品，大中华香烟，大红袍茶叶，还有个大红包。红包很鼓，够大的。这是有些地方见官求官的坏惯例，何况今天是要办大事，投资办厂，一个外商华侨哪能礼轻呢？红包里有两万元哩，见面礼。听说有华侨求见，陈书记忙迎出大门口，哇！好一个书记人物，你看他那么高大，足足超过一米八。陈聪平在部队时就是团里篮球队的中锋人物啊！

“来来来……”陈聪平走上前来伸出一双大手掌，分别握住两人的手。庄思潮临近仔细看去，这大汉两道粗黑的剑眉，一对又圆又大的眼睛，大鼻头、阔嘴巴。官相啊！庄思潮在国内国外见的人多，他只觉得面前这个书记像大官，怎么屈就到这个乡镇做书记呢？庄思潮百思莫解。

陈聪平把庄思潮和庄振强领到他的办公室，坐下来，陈聪平忙着冲工夫茶，边冲边问：

“两位侨胞从哪国回来？”

“我不是华侨，本乡人庄振强……”

“庄振强好名字，好名字，要振兴，敢图强，你呢？”陈聪平转头望着庄思潮，“喝茶！”

“我，我庄思潮，原是本地上浦二片人，阿振强厝边（邻居），那年我出国继承父亲一个庄园，在泰国……”

“噢！你过番也是种田？”陈书记问。

“是个橡胶庄园，不，还有服装公司。”

“那是大老板了，是不是关照关照我们这个穷乡里？”

陈聪平希望华侨老板捐些钱，凑钱整修上浦的污水设施。

“陈书记，庄老板是有意来投资办厂……”庄振强抢过话头。

“投资办厂？”陈聪平想起这两三年中央有政策，允许外资进来办厂，三来一补啊！他上任前曾在市党校学习过，学过中央改革开放的政策。

“正正好！我们欢迎，请问是三来一补，还是独资办厂？产品……”

“什么三来一补？”庄思潮迷惘地。

“三来一补总的来说是来料加工，产品包出口外销……”

“是这样。”庄思潮拦住书记话茬。

“是单独办厂。资金、技术、材料、全是我的，产品全包外销，只是这手续……”

“这好办，中央、省里都有政策，那本钱都是你的，你还需要什么？”

“土地、人力……”庄思潮掰着手指头说。

“办工厂要建厂房啊！”庄振强补充说。

“人力无问题，只是征地要有个说法，有规定，这里人多地少，征地可能有矛盾。我看，这样，你做个投资办厂方案给我，我拿到县委开个会，因为你是头一个……”陈书记耐心地说。

“是啊！我第一个吃螃蟹啊！请书记帮忙。”

“只要合乎政策，按政策办，不用怕，不用怕，我刚上任，都想带队改变这赤砺千百年来的贫穷生活，让乡亲们把生活水平提高一点。”

“好好好，有书记支持，我们一定……”

“不是不是，是政策支持。”陈聪平忙摆手说。

“书记，这几泡茶请你收下……”庄振强打开花篮，拿出一包包礼品，有大中华香烟，有极品大红袍茶叶，还有个大红包。

“你干什么？”陈书记瞪着大眼问。

“规矩啊！书记，你不要嫌礼轻！”庄思潮忙上前说。

“规矩，规矩从我这里破了，我有政府工资，我老婆在外地开饭店，我还不够花？我们明白人说明白话，做明白事，这规矩我破了，你要办厂我会照政策倾力相助，这是我的职责，你要送礼，给我报酬等于看不起我，不尊重我，知道吗？谅你们今日初犯，我也就放过你们，可不得再犯。”

“陈书记……”庄振强倒有点莫名其妙，一脸疑云……

“别人我管不着，管自己，不，还有我这里的部下，总可以吧！从此之后，办事送礼这玩意改了，改了。这样吧！你等着吧！再见。”陈聪平伸出温暖的大手握住他俩的手，“我们照政策来！”

无奈，庄振强和庄思潮有些不甘，低垂着头走了，边走边议。

“这事没什么希望了，在赤砺，在潮汕地区不收礼，拒收礼等于不给办，办不成了……”庄振强摇头叹气。

“唉，入乡随俗，这陈书记是不是新官上任三把火，做做样子，试试我们，还是因为我们的红包太小了点？”

“也有可能……”

“下一次我们买张大红纸，包他十万八万，烟茶就不送了。”

“也好，这规矩总无法破。”庄振强若有所思……

3天后的一个早上有人通知庄振强，叫他带同庄思潮上镇政府。

“好！有希望了！”庄思潮忙把用大红纸包好的12万元大红包，塞进大花篮，拉起庄振强，匆忙赶往镇政府大院。

“哇，陈书记你……”庄思潮一见陈聪平笑呵呵，迎在大门上感到十分惊讶，大书记在这潮汕地区，莫说镇委书记，就是村书记都是架子大，官腔高，坐在办公室等你来拜见，哪有大书记出大门口迎接有求于他的平民百姓呢？庄振强顿感意外，有点莫明其妙，陈书记如此热心为什么？庄振强丈二金刚摸不着头。

“莫非他要干股……”庄思潮自言自语，他估摸着，在国外，有权势的人拿干股是正常的事。

“什么？干股？”庄振强没有听过这个名词，莫明其妙。

“办下去就明白了。”庄思潮似乎胸有成竹。

“来来来，进屋……”陈聪平一手一人拉着他们到他办公室，拿出一份县政府红头文件：“批了，给你20亩……”陈聪平边递上文件边说；

"有20亩？"庄思潮有些怀疑，"我的方案是17亩，大约1万平方米……"

"我们县委常委到实地考察了一下，就在树尾洋那片水田，恰好20亩，全征了。"

"哇！太好了，我可加建一座宾馆！"庄思潮拍了拍巴掌，高兴得忘形了。

"具体条件……"庄振强怀疑有附加条件，那片水田是六村的，六村的头不太好剃啊！那六村靠近圩街，一个个精着哩。

"陈书记，六村同意了吗？有条件？"

"有！"陈书记又拿出镇政府同六村村委签订的一份条约，条约内容大概是：

镇政府征六村水田20亩，第一，每亩田征地费15万元；

第二，每亩田每年交村民口粮款1000元，交村委发给该水田原业主；

第三，包交购粮，折成人民币上交；

第四，在这片水田里建工厂，必须优先招收六村农民做工人；

第五，村委会参加工厂管理……

"书记这第五条不好。"庄思潮害怕当地人控制他的工厂。

"那，我再同他们谈，把这一条改为工厂治安管理，由六村负责。"陈书记若有所思。

"我去做他们的工作。"

"好！这个……"庄振强打开花篮，双手捧出那个12万元大红包。

“什么？这是什么？”陈聪平按住庄振强双手问。

“小小意思……”庄思潮赔着笑脸。

“什么意思？这事要这样，那批文我收回。”

“陈书记你……”

“你们不放心？改改头脑吧！我是一个共产党员，共产党干什么？收钱？你们要打破这规矩，放心吧！我上任第一宗外商投资，赤砺第一座三资工厂，我们就首破老规，开新头吧！”陈聪平推开红包说，“我们成立了一个筹备组帮助你们平地，落地基。建厂房，就由六村做吧！”

“好好好，只是这个……”庄思潮还是不甘心，推上大红包。

“你怎么了？走！快办你的事吧！”陈聪平使劲把他俩推出门去……

今天天气很好，阳光普照，来了许多看热闹的人，英歌锣鼓正在狂舞着。两台推土机呼噜噜地开过来了。田里正在扬花的水稻点着头，禾叶挂着雾水珠，好像不被毁亡的泪水。镇党委书记陈聪平带着镇党委、镇政府一班人站在田边，亲临这赤砺镇改革开放第一厂的开工典礼。

两台推土机一左一右，从两头开进稻田里，正在扬花入浆的粗壮禾苗一片片倒下了，倒下了，倒在泥土中……

“走呀！冲呀……”突然一大群人吵吵闹闹冲了过来，一个个手拿竹槌（棒），腰扎浴布，哇哇哇地，奔拥而来。

“拉下他，把他拉下来……”有人大叫，紧接着冲上3个大汉把推土机司机拉下水田。

“不许推掉，我们的命根米粮……”

有人大喊大叫，人头拥拥，上来了，挡住推土机。大家围住庄思潮，指着庄振强大骂：“内贼。”

“你们干什么？”陈聪平见状走进人群，人群趁机把他围住了。镇长、镇工业站站长冲进人群去护住陈聪平。但是他们寸步难移，也被人群围住了。人群，足有几百人，都是六村的人。他们大喊大叫，其中也有看热闹的人。英歌锣鼓停了，只听得阵阵嘈杂的声浪。

“你们村书记呢？”陈聪平四处张望，寻找六村村书记庄振成。

“书记？早出外了！”有人答道。陈聪平一听明白了，这场戏的导演是村委一班人。

“嘿！两面派啊！”

陈聪平猜中了一半。田主们听说要犁掉他们的水田禾苗，那可是生命，心头肉，不得了，犁掉了，我们吃西北风啊！天啊，正当扬花入浆啊！许多农民听说这事，生怕也会犁掉他们的水稻，便也加入了闹事队伍，冲到村委会找村书记和村主任算账。那村主任、村书记等人收了庄思潮的大红包了，正在得意之时，忽听人声嘈杂，一大群人冲进村委会。这书记和主任吓得尿了裤子，从后门溜了……

有几个野蛮的劳改释放犯趁乱打劫，大喊大叫围住了镇委书记陈聪平。

“钱呢？吐出来，你们收了多少红包？”

“是呀！红包，红包，吐出来，吐出来……”

大吵大闹中有人动手推搡陈聪平：“你这个新来的书记，

发财了吧！有无良心，竟然带队犁掉这么好的水稻，让我们吃西北风……”

煽动性的语言，像干柴烈火越烧越烈了，有人趁机推搡陈聪平、庄思潮，推得他俩东倒西歪，看来要动武了。不行！此时此刻庄振强去哪里了？怎么不见了踪影，他被吓着了，怕了吗？溜走了？做了逃兵？天啊！这庄思潮投资办厂是你牵头的啊！见了这阵势你怕了，害怕了。

“振强、振强……”庄思潮四处寻找庄振强，他希望庄振强带人解围，不然会出人命的啊！天啊！保守思想也会死人的啊！

“乡亲们！听我说几句……”陈聪平的声音淹没在愤怒的声浪中，乱糟糟的声浪显露了这些农民的无知，无理，无眼光，他们真的不知道啊！国家开放改革正一日千里啊！你们就想保持着贫穷生活，死守那区区的三分水田吗？

打开国门，打开市门，打开村门，谈何容易？多少事啊！几千年了，几百年了，都是那个风俗习惯，那个日出而作、日落而息的生存与生活方式啊！

这里没有硝烟，却有火焰，情况紧急。庄思潮从公文包里摸出那份协议书。

“大家静一静，听我讲两句，我这里有个协议书……”

“不听，不听，那是你从镇政府和村委买的，骗子们……”人群中有人大声煽动着，混在人群的两位派出所民警一眼认出这个人，正是上个月释放的劳改犯啊！他并非六村人，这家伙死猪不怕开水烫，前年因聚众斗殴判了刑，这人劣性不改，带头闹事。于是他们两人，一左一右挤在这个劳改释放犯身边。

“怎么？还想进去？”那位高高瘦瘦的民警厉声问道。

“还想动手？”矮个子民警问。

“不、不是，我……”

“你是六村人？”

“不是……”

“不是？那你吵什么？”

“我、我……”这个劳改释放犯吞吞吐吐，“我这不是打抱不平吗？”

“你是想二进宫？”

“无无无……”此人边说边挤出人群溜了。

人声嘈杂，镇委一班人和庄思潮被人群推搡着，推搡着，人多势众，嘈杂混乱，矛盾冲突走向高潮，眼看武力围攻在所难免，两位推土车司机被人用粗绳子捆在推土机上，有几个人手拿木棍准备动手了……

“荒唐，哪个敢来……”一声大喝，人们望去，只见庄振强扶着一位白发苍苍的老人挤进人群。人们一看，纷纷让开一条道，让老人进来。

“你们造反？造共产党的反？当年我们出生入死造国民党的反。为了什么？今天你们胆敢造共产党的反，围攻推打共产党的书记，要做反革命吗？”老人大声责问。

老人正是六村人，早年参加革命，是东山游击队队长，出生入死打天下，身上多处负伤。前几年他从汕洋市副市长位置上离休，退了下来，政府为他建了座别墅。他不住，回到老家叹工夫茶，安度晚年。

“干什么！造反？”老人气愤得挥着手杖。

“我们，走……”人群中有人叫喊。

“老叔公，我们不……”

“不什么？”

“不知内情……”

“新书记刚从部队来。你们给个下马威？开放改革的国策，党中央决策，你们都敢反？……”

“我们……”大家无言以对。

“我们不知政策啊！……”有人轻声说。

“不懂就问，不能闹事，人家不远万里，拿着资金到我们这个穷乡里投资办厂办公司，建工厂，造福乡民，到时我们都有工做，有钱赚，有钱还怕买不到谷米，糊涂！嘿……”老人气愤地，“无礼貌，舍衰人（丢人）！”

人们在老游击面前，一个个低着头，退走了，退走了。

老游击走过来拉着陈聪平的手：“不怕，大胆干，有党中央，有政策……”陈聪平抱着老游击，滴下两颗豆大的泪珠。

老游击又转过身去拉着庄思潮的手：“抱歉抱歉，得罪、得罪老乡亲。”

“无无无，他们不知政策啊！好得您啊！老伯、老伯……”庄思潮感动得紧紧握住老人温暖的手。

“有事叫振强找我，振强是我小孙侄……”

“噢！”庄思潮明白了，庄振强为什么在人群大吵大闹时不见了踪影，原来他……

第二章 婚事浪花

真的是赶上深圳速度了，三日一层楼。庄思潮的服装厂很快就建成了，还有宾馆也同步建成。工厂分东西两区，东区是牛仔服，西区生产女装内衣（文胸），所有设备已进口安装完毕。

“振强，生产就归你管，工人你去安排，技术人员我已经安排到位……”

“那可不能，一百多台衣车，这两大车间，我一个种田农夫怎么管得？不行，不行……”庞大的工厂，这么多设备把个农夫吓住了，哪时见过这个阵势啊！

“哎！天下无学不到的事，我这里有计划方案、措施、工艺流程，有技术员，有管工，有生产部、材料部、设备部、成品仓库，一切都齐备了，你就管理吧！我保你一个月内学会，振强啊！精明仔一个啊！”

“我？”

“是啊！不过我没有工资发给你，我拨给你成本、工料、设备、流动资金。这些都有账的啊！现在借给你，是要还的，分三年还给我，产品全部由我回收……”

“哇！那不等于你投钱给我办厂？”

“差不多啊！好兄弟嘛！东区生产牛仔裤，技术性高，归我自己管，我从泰国请来的师傅为我生产牛仔裤。从江苏请来的两位师傅是生产文胸的，归你那边，行政、工资你自行负担，我手上有个合同方案，朋友归朋友，还是有个契约好说话，我按价收购。”

“那是，那是，那是……”庄振强还是一头雾水。

“到了厂里就会啦，兄弟。我要经常去外国拿订单，你多多关照。”

“好吧！我学学看看……”

“不是看，是要亲身亲手，亲力亲为，全心全意，家里那几亩田就别管了，过了年再建间分厂吧！”

“这个……”庄振强想，一夜之间成了老板。我真是不信啊！

技术员是泰国的，师傅从江苏来，工人在本地招。哎，就是机动衣车嘛！和家庭衣车差不多，庄振强边管边学。太多事了，他把女朋友庄舜琴也拉进厂，帮助管理，人少无办法，庄振强还把庄振浩等几位儿时好友都拉进厂一起学着干。

庄舜琴的父亲眼见庄振强有了工厂，有了财势，也就不计较了，把女儿庄舜琴送进厂里。然而他心里有个包袱搁不下。怕什么，来什么，忽然间想起，上次祭社在龙山路上答应那件事啊！他拿了侨商林楚哲的大红包，那是落聘啊！忽然间这位西装革履的华侨上门娶亲了。

“阿伟洪兄，我想把舜琴带出国去，我儿子大学毕业了，该成家了……”

“噢，楚哲兄，坐坐，喝茶……”庄伟洪忙张罗冲工夫茶。

“这事啊！我还要和阿琴商量商量，她现在厂里做主管。”

“那不管，什么主管？你是收了聘礼的，要反悔？”

“这乡规我哪敢反悔！这样吧，我等女儿下班回家跟她说说吧！出国也好啊！”

“好啊好啊！我明天再来，我就住丰发宾馆，不错啊！赤砺现在有大宾馆了。”

“是是是，是那个庄老板建的，刚刚落成，可是客如流水啊！最近入住都要排号啊！”

是啊！庄思潮在两座工厂后面建了一座8层楼的宾馆，这可是赤砺乡里有史以来第一座西洋式宾馆，房间里还有厕所冲凉房，新鲜哩，许多人赶来，租一个房打麻将，好舒服啊！

翌日，庄伟洪说服女儿，一同前往丰发宾馆拜会华侨林楚哲。林楚哲是赤砺四片林厝人，也是乡亲，而今从国外千里迢迢回乡，理该拜见，这是赤砺乡人的乡俗礼数。

林楚哲住在丰发宾馆8楼808房，住最高又寓意“发财”的房间呢!

“林老兄，在啊！”庄伟洪敲了敲门，他不懂得按门铃。

“来了来了……”林楚哲忙开门，“请请请。”他把庄伟洪父女领进房间坐下，冲工夫茶。

“哇，不得了啊老兄弟，赤砺要发了，怎么才一年多，竟然办起了这么多工厂，厂房林立，有几十家吧！哇！都在做服装，发了，赤砺真是变了，发了。”林楚哲边冲工夫茶，边啧啧称赞，“我都动心了啊！”

是啊！林楚哲回来3天，四处一看，吓得他目瞪口呆，赤砺变了变了，从庄思潮变起啊！庄思潮办好了工厂，回到国外，又到国外去动员老乡亲友，回赤砺走一走，办间工厂，荫益故乡。于是，赤砺早年出国谋生的乡人，一拨一拨地回来走一走，留下钱给家里人办厂，有的自己建厂。乡里有了先例，有了政府“文件”，大家都好办，照章征地，照章建厂，赤砺人是有样学样的风俗。他们纷纷通知国外的华侨亲戚，回家投资办厂，快快回来占领有限的田地，一时间有如刮台风，风吹千里，两年间，赤砺乡办起了30多间工厂，还到外省招工，一时间，赤砺乡热闹非凡，不见昔日之死气沉沉了。林楚哲心动了，心动了。这个未来媳妇还是不出国为好，我把儿子领回来办工厂，国外那个庄园卖了吧，我有许多朋友在南美洲、非洲开铺卖服装。我舅父一家人就在巴西开铺啊!

“阿琴在厂里帮忙什么？”林楚哲笑着问。

“管女装内衣车间的材料……”

“内衣？就是文胸吗？”

“是是是……”庄舜琴满脸涨红。

“那好啊！销路怎么样？”

“老板包销外国，我们只管生产。”

“你也学会管理，我回去处理一下，尽快回来办间厂给你们管理……”

“我现在有厂管理啊！”

“那不同，那是自家工厂啊！”

“哪有……”庄舜琴不知内里。庄伟洪给女儿打了个眼色。庄舜琴莫明其妙。她并不知道父亲收了林楚哲的聘礼啊！

林楚哲看了赤砺新的形势，不谈带庄舜琴出国成家的事，宾馆会面的风波没有酿成。

“今日我请客……”林楚哲盛情邀请，“就在三楼。”

丰发宾馆三楼是餐厅，十分方便。日当正午，林楚哲拉着庄伟洪父女到三楼餐厅吃饭了。

庄舜琴依然蒙在鼓里，吃完宴请，庄舜琴忙回工厂，做她的管理。

庄振强太忙了，忙不过来，把老父亲、弟弟都拉进工厂做管理，父亲管发材料，弟弟管产品账目，包去海关办货物出口手续。

“阿振强老板呢？”忽来一声明亮声音。

“找阿强！”门卫迎上前去，哟！陈书记。门卫把陈聪平领去庄振强办公室，恰好庄振强不在，只见庄舜琴手捧一本账册，婀娜多姿地走进办公室。

“哟，振强呢？”

“保安去找了，我四处走一走，主要是看看安全防火，上面查得紧……”

“哟，书记光临啊！”人未到声先到，庄振强是个直性子啊！

“哎呀！你忙啊！我来麻烦你了，老板！”陈聪平上前拉着庄振强的手说。

“坐坐坐，冲茶！”他示意庄舜琴烧开水冲工夫茶。

“别妨碍你了，我是来看看你们厂的安全防火工作，我要找个好典型，带全镇的大小老板参观你们工厂啊！我们发现许多工厂的厂房三合一，楼下生产，二楼仓库，三楼住工人，危险啊！”

“我这里无，无这事，我在宾馆西侧建了一幢宿舍楼，工人都住那里，厂里只有值班间……”

“那好！我们这个防火安全现场会议，就到你们厂里开，你准备一下。”陈聪平说着起身要走。

“等等，都快五点了，今晚我请，我请……”庄振强拉住了陈聪平。

“你忙去吧！还早，再说镇里有食堂，我都挂了牌的啊！”陈聪平说着转过身子出门去了。

“哎呀！这个书记不寻常啊！”

“陈书记这个人有些怪，过节那天，总是找不到他，逢年过节，这陈书记早早就回了家啊！不寻常不寻常，许多厂商老板送礼无从下手啊！”庄振强无限感叹，无限感叹。

“喂！振强，林厝那个华侨叫什么，叫林楚哲，他也想回来办厂，还说要把我招进他那工厂去哩。”

“那怎么可能？”

“为什么？”

“你不知道啊？”

“什么事？”

“我老爸前些时候找你老爹提亲，想让我们结婚，可是你老爹百般推托，说什么名花有主……”

“什么名花有主……”

“你老爹早收了侨客林楚哲老板的聘礼了。”

“我怎么不知道？”

“到时就知道！”

“不要到时，我们结婚，结婚。”

“是啊！我们年纪也不小了，如果硬来，你那老爹……”

“别怕，我们先领结婚证，户口簿我拿得到。”

“有风险无？”

“无，只要我愿意。”

“那我先同老爹打声招呼，先登记，不摆酒举行婚礼！”

“好！反正我都住在厂里。”庄舜琴死心塌地了。

于是，翌日，庄振强和庄舜琴静悄悄地去镇民政局办了结婚登记手续，拿到了红本子。让林楚哲做了个梦。

一个月后，华侨老板林楚哲领着儿子回到故乡赤砺镇，依然住进丰发宾馆。林厝是四片，他先到四村村委办理征地合同手续。但这个林楚哲不满厂址在石步目，差不多到山脚了。

“那没有法子，近邻田地都有主了啊！你不要有人要，错过这机会，你是插足无地了。”四村书记林杏雄斩钉截铁地说，他把合同书推到林楚哲面前。

“也无法了，我是来迟了……”

“老圩顶还不是荒凉吗？”

“离老圩顶有两三里地，签吧！20亩山坡地……”林楚哲不甘心地喃喃自语。是啊！石步目里大多是山坡旱地，不是平地。建工厂要推平山坡，工程浩大，花费多啊！林楚哲心有不甘，但是无了法子，再不签，这石步目也无了，要去鬼仔埠，唉！慢了一步，本想先观察一轮，不曾想到这个穷乡发展起来竟然好比火箭，才两年时间，便矗起许多工厂，唉！林楚哲无法子，签了合同交了征地款，走慢了一步，一步慢步步慢。

翌日，林楚哲再次邀请庄伟洪父女赴丰发宾馆吃晚饭。他备好现金聘礼，准备当晚落聘决定儿子婚事。

天黑下来了，庄伟洪父女姗姗来迟，林楚哲父子已叫好菜，等候多时。

“哟！伟洪兄来了……”林楚哲起身迎上前去。

“哎呀！来晚了，来晚了，阿琴厂里走不开，哟，累你久等，久等！”庄伟洪声声道歉。

开饭了，林楚哲频频给舜琴夹菜：“这是小儿林志洋，刚刚大学毕业，过来帮忙，来志洋！”林楚哲示意林志洋给未来岳父和未婚妻敬酒。

“我不喝酒，以茶代酒，阿伯请。”林志洋恭恭敬敬站起来敬茶，眼睛直勾勾望着面前的美女庄舜琴。哎哟！真是美丽，美娘子，蜂腰身材，胸部隆突，弯弯月眉，皮肤白皙，这美女就要扑进我的怀里了。想到这里，不知就里的华侨公子哥儿心里甜滋滋的。

酒过几巡，林楚哲突然从皮包里拿出一个大红包，好大，足有十万八万。

“来，亲家，聘金……”他把红包推到庄伟洪怀里。

“这……”庄伟洪左右为难，“要不得，这事尚未告知女儿啊！”

“什么聘礼？”庄舜琴怒目圆睁问道。

“落聘啊！为了你们二人……”林楚哲指着他儿子。

“爸，你？怎么了？”

“阿爸无讲你知，祭社那年我已经收了落定。”

“定什么？”

“嫁给我儿子啊！”林楚哲说。

“笑话，我早嫁了……”

庄舜琴说着从衣袋掏出那红本子结婚证书。

“你？你们……”林楚哲发呆了。

“你们怎么变这个戏法骗人……”

“哎呀！老兄弟，我也不知道他们……”庄伟洪感到羞愧，女儿都嫁了，怎么能又收人家聘礼呢？阿琴，阿琴。庄舜琴早已飞出门外，庄伟洪无脸面了，他急急忙忙追了出去。

林楚哲一时无语，脸色铁青，双手抱住那包聘礼，无奈、无奈。他不知道时代不同了啊！还是赤砺乡那种老婚规么？

第四章 泥沙俱下

赤砺镇的制衣工厂如雨后春笋，一时间乡里的华侨纷纷回乡办厂，订货单从境外、内地不断飞来。销售市场的火热，令赤砺几十间工厂应接不暇，忙得焦头烂额。到处招工，连在校学生都要辍学回家庭作坊帮忙了。庄振强的女装内衣工厂干得热火朝天，庄思潮不断来电催货，生意好，有钱赚，但是日夜加工都赶不上交货。

“我们几个姐妹家里有衣车，拿到她们家里车，日夜都能车，不用上班落班……”

“什么？你说发货给她们在家做？哎哟！我怎么聪明一世，糊涂一时呢？忙到我踢脚都不能按时交货，出口去泰国。阿琴你拿一部分半成品发给她们做，工钱按工厂人工计件加价一成，快、快试一下……”

“好好好，我得先给她们示范一下工艺流程……”

“这个，这个好办，你动员她们，请她们到厂里车间实地看看，哎！工艺很简单嘛！”

……

一夜间，庄舜琴跑遍18家，动员了18位同学加入了她的队伍。第二天领着她们到厂里观察工艺流程，简单的工艺同车衣服一样，只要按样板车便成了，姑娘们喜出望外，这比做花（一种绣花）好赚啊！没有上下班，钟点在家里，一有空就做，多方便啊！好好，工厂好，老板好，货主好，一条龙，大家好。庄振强在阿琴启发下，不用投资，又增了20多间分厂，一下子增加了28台衣车，增加了三成产品，应付了老板的催货时间。

不是只有那28间家庭工厂啊！赤砺人多家庭多，田地大多建了工厂，许多家庭男男女女闲在家哩，男人叹工夫茶，妇女绣花，没有事可做。听说庄振强到处发放半成品，请家庭衣车做工，纷纷议论着，纷纷到那二十几间家庭作坊观看，偷师，纷纷到工厂要工。一时间，家庭作坊风起云涌，无衣车的快快买衣车，有衣车的再加一台。上浦，不，赤砺十三个村车声嘈杂，一时间发展到八九百个家庭作坊，为工厂加工半成品，赤砺的工厂老板们一个个笑逐颜开。庄舜琴一句话啊，竟然泛起涟涟波浪，为赤砺的工厂解决了缺工缺衣车的难题。镇党委副书记庄华源家里就有3台衣车在为工厂加工半成品。一时间家庭增加了一倍收入，补足了被征田地的收入。昨天开碰头会，他把这个消息通报了一下。书记陈聪平仔细一听："这可是一个新发明啊！全民办厂，家家成为制衣作坊，好好好！我正在为乡亲们无田好种发愁哩！我要去看看……"

于是，当天晚饭后，陈聪平独自一人走进赤砺上浦二村、三村。"哒哒哒。"阵阵衣车声，真像乐曲大合奏，果真，果真。华源兄说得好，庄振强这个头带得好，赤砺真的成了工业集镇了。陈聪平走着走着，走过三片，不知不觉走到老直街。老直街有二里多长，是赤砺镇集市的象征，中心街市。围绕老直街，前有新圩坪，草市，街顶有个大市场叫老圩顶，这里小商铺林立，有吃的用的玩的，是一个不夜天的夜市，十三村，还有邻乡邻镇的人都慕名而来，这个大夜市要到凌晨才关张打烊。

陈聪平走进夜市，地摊成行成市，吃喝不停，他走到摆布的地摊前，有许多地摊摆着半成品的布料，即把布裁成大概的上衣和裤料。一块一块折叠，周正摆在地上，地面铺草席。陈聪平走了过去：哇！灯光下布料真好看。他从部队转业下来，便衣太少，天天穿旧军装，没意思。这里布料便宜，他心动了，走近一个布摊看了看，选中了一块，卡其布纹的料子，准备回去车一条裤子，价钱还算便宜。

买了布料，走过地摊，走进一条窄窄的小街巷，叫直街尾，只见直街尾有百多公尺长，灯火辉煌，十分嘈杂。莫非这里也有开夜工的衣车？陈聪平好奇地走进小街：哇，人多嘈杂啊！许多小铺机声嘈杂，什么家伙？阿聪平走进一家小店，小店有四台游戏机，正打得天昏地暗。什么东西如此刺激，又拍又打地？

"老板再给我二百币……"说话间有人送上一堆圆牌牌，收了200元走了。

“甫母（他妈的），打了半夜，花了3200元了，还未赢一盘。”

噢！陈聪平明白了，赌机，老虎机，吃人不吐骨，他在部队时曾经被派进城参加打击取缔老虎机的行动。不行，不得了，赤砺兴旺的工业乡镇中，竟然藏有这么一条赌街。

“老板，玩吧！”有个马仔上前打招呼。

“我不会玩。”陈聪平冷冷地答道。

“不玩你入来做乜（干什么）”？忽然一个大汉高声问道，边问边走过来。

“这外乡人入铺笑话我们哩！”马仔嬉皮笑脸，“老板他不玩啊！要不要修理一下？”

“我看看什么货色？”老板上前把陈聪平推了一个趔趄。陈聪平退了一步，站直了腰杆。

“干什么？要打？”

“不错，是个外省人，普通话正呀，你入我小店做乜？”

“你开着门，我进来看看……”

“这里不是看的，看什么？不懂规矩，算了，外乡人，就玩300个吧！阿石给他300币。”

马仔阿石：“好！”他捧着300赌币塞到陈聪平胸前：“来300，小小意思。”

陈聪平推开他的赌币：

“我不玩……”

“找死啊！”马仔扔掉赌币，当胸一拳打出去。陈聪平一手抓着，使劲，痛得马仔哇哇直叫。

“做乜，闹场啊！来人……”

老板吹了一下口哨，突然窜出来四条大汉，围着陈聪平。

乌天暗地，做（杀）了你都无人知。陈聪平后退两步，背靠卷铁门。

“上……”

“喂，别闹！”忽然走进一矮个子大喝一声，抬头一看。

“噢，陈书记你。”他又转过脸对着老板和打手们，“我们镇书记，陈书记，你们呀敢无目。”

“我们……”一个个退缩了，散去了。

“你是……”

“我是镇派出所的……”

“派出所？他们开赌机你们不管？”

“唉，乡下嘛，无什么好玩，打打游戏，不算赌，不算赌……”

“噢！这都不算赌？你们包管治安？”

“是是是，治安治安……”

“治得安吗？强迫上赌机，如此治安吗？”

陈聪平话外有意，说完转身走了，他心中明白，这些赌场的后台好硬，可再硬也得碰一下……

陈聪平想不到，如此太平盛世竟有公开赌街，无人支持撑腰敢吗？

翌日，他找到副书记庄华源了解情况。

“哎呀！书记，这条赌街有后台入股的啊！”

“后台硬？”

“拖铁的，你说硬不硬？”

“拖铁……”

“枪呀！”

“部队有人？”

“那也不能。”

“公安？”

“差不多。”

“那个？”

“我直说了吧！最多不坐这个位，有个官好大啊！这里派出所所长是代管。够大了吧！谁敢过问？”

“我！我敢问。派出所十几个民警，难道个个会成了帮凶？”

“那也不是，有许多人看不惯，不满，但是人在屋檐下，哪有能不低头。”

“有一座山？”

“是啊，泰山压顶……”

陈聪平心里明白了，他准备上县委找书记，不，到上面找地级市委书记和公安局局长，检察院……

陈聪平想着想着，记起那块布，他打开看看够不够裤料，用裤子比了又比。忽然他发觉有情况，手指被粘住了，什么情况，他打开布，灯下一照，天啊！这不是一张上过油漆的纸吗？我买布料，却买了张纸。陈聪平啊！你岂知情，这乡里造假也是出了名的啊！哼哼哼！陈聪平下了什么决心？

……

第三天，星期五，陈聪平提前回家，家在汕洋市，妻子在汕洋开餐馆，陈聪平自从任潮海市委常委兼镇委书记以来，因为忙，很少回家，今天特意提前……

忽然有个通知：潮海市公安局局长彭绰仁被调任汕洋市公安局任副政委，同时从市检察院调了林乐欣科长到潮海市任公安局局长。林局长到任后找到陈聪平商量，对公安局大整顿，调出、清除一些投机分子。赤砺镇派出所所长被调去浦溪镇任副镇长。

夜深了，时钟指向23：30，忽然一队队武警出现在赤砺镇，还有特警。一会儿警车的警报声呼啸不停，一声声叫得人心惶惶。武警、特警一下车，冲上直街顶，老圩顶，一百多警员和战士持枪包围了18间赌场和假货地摊，吓得赌场老板，地摊造假贩假小贩屁滚尿流。

镇府大院，陈聪平房间里正在冲工夫茶，在座的有副书记庄华源，镇长郑发胜，他们商量着老直街赌铺和老圩顶空地如何招商引资，建成服装厂。

“老郑，你去趟泰国吧！发动乡亲回来建一片侨厂。”

“我看先不用去，发个通知，先在本地招老板吧！”庄华源是本乡人，他知道本乡人还有很多侨眷想办厂，只可惜找不到厂址，征用水田的负担太重，他们大多在找海外亲戚商量呢。

“那好，先在本地招，通过什么单位呢？”陈聪平喝完一杯工夫茶，放下茶杯问。

“是不是成立个商会？”镇长提议。

“商会？我们大多是工厂啊！”

“那就叫工商联合会吧！”庄华源提议。

“工商联合会，好啊！我们乡村也可以有工商嘛！好好，华源去筹办，组成人员要有庄振强，这个老板有威信，赤砺工业开埠人啊！”陈聪平拍板了……

第五章 忽起风波

赌街撤了，拆了老圩夜市。那里是一块宝地，老虎机赌街有3万平方米地盘，老圩夜市市场有1万多平方米。镇政府开始招商。这可是一块风水宝地啊！有十几个华侨回乡落单，本镇也有十几位老板争夺着，连下面小村都有人来争地盘。镇政府规定，每户工厂只能要地1000平方米，并要留有合理间隙，厂房不能相连……

庄振强也来了，他请了一个风水先生，看了又看，风水先生察看一番，告诉庄振强："赌街太局促，而且带有邪气，发展空间不大，而老圩夜市视野开阔，通达有气象，后靠仙坪村，仙坪村背后是雄伟的大山，古名老虎山。"

"我也未有计划在这里开厂，只是买下一块地备用。"庄振强四处观看风景。

正在选地间，忽然听得远处人声嘈杂。"冲冲冲……"有人大喊大叫。

"冲什么？冲……"庄振强走过去问。

"包围了啊，七村被群众冲上去，包围了啊！"

"什么问题……"庄振强转身迈开大步，直奔上浦七村。

七村四周被上千人围住了，人声嘈杂。"你们什么村长，吃人不吐骨头……"有人大喊。

"还钱还钱，我的田地租金呢？两年、两年无发了……"又有人大声呼叫着。

"冲！冲进去，勿让村老爷走了……"

"噢！"庄振强拨开人群挤进村委会，只见村委主任庄阿昌、党支部书记庄明庭两人面对面坐着，双目无神，脸色青白。

"无事吧？"庄振强大声问。

"还用问，我们的田租两年无发了！"一位弯着腰的老人跟在庄振强身后说。

"什么？你们两年无发还田租？老板缴上来的钱呢？"庄振强站在那两个村干部面前，大声质问。

"我、我们……"村主任庄阿昌吞吞吐吐，"拉出来，拉出来，清他的家产……"有人发出了激昂的声音。

"去镇政府，去，去，去问问……"有人提议。

“我来了，不用去……”镇委书记陈聪平拨开人群走进村委会。

“怎么搞的？”

“书记，我……”村支书庄明庭站了起来，抖抖颤颤地。

原来当时各村征地建工厂时，镇政府有个明文规定，每用农民一亩地必须给捐地主人每年发1000元稻谷钱，由村委统一收集之后，按花名册发还村民。公粮由占用该块田地的工厂老板上缴镇财政所。几年来这个规定执行得很顺利，并没什么矛盾冲突。

但是七村两个村干部认为被征地的农民不在乎这点钱，他们有许多人也开了小工厂，小作坊，收入比这个多几十倍了，他们也不在乎这点小钱，两三年来没有发还地租钱，也无什么风浪。他们哪里知道啊！办厂初期，他们忙于应付工厂事务跑订单，许多人没时间想这件事，一年下来的地租十分可观，一些没有办厂能力的农民，也有家庭衣车帮工厂加工半成品，收入十分可观。于是他们就没有人去领这个钱了。

七村村委领导人庄阿昌一看，两年无人来领钱，累积起来有十几万元，加上今年的就近20万元。

“钱放久了发霉啊！”于是，在村主任庄阿昌主持下，把田地款分了，支书、主任、会计三人分。书记、村主任各分8万元，村会计分得4万元。然而钱才分了一个半月，村民中忽然有人提起田地钱的事。

“哇！两年、两年无发了……”这个村民一句话点起了烈火。

“是啊！是啊！我们还有地钱……”

“都忘记了，只顾办厂跑订单……”

……

忽然引起一番议论，人们想起来了，一个个摩拳擦掌。有人跑了3次村委会都领不到田地钱，一传十，十传百，七村2000多农民愤怒了，一伙又一伙上村委领钱，领不到，一次又一次去找会计拿钱，拿不到。会计叫他们去找主任，说他不知道。

“账目上呢？”

“账目没有这笔钱了……”会计答道，脸色又青又白。

无奈，几位带头的村民，走街串巷，告知乡亲们：“钱无了，被人吞去了……”

真是一石激起千层浪，一传十，十传百，百传千，村民自奋起，上千人手拿竹槌、铁棍，腰扎浴布，哇哇哇地叫喊着冲向七村村委，瞬间把村委包围了，围得水泄不通，有人敲打着铁门，人声嘈杂，群情鼎沸。这个村委会平时早已激怒村民了，此刻民愤极大啊！

七村村委会真是个阎王殿，鸡蛋过手轻四两，村民去村委开张证明，要送条大中华（价值千多元）加一个红包，真是无油不脱锅。这个村委会简直是恶霸、村霸、黑社会。什么党章，上级指示，政府文件，什么为人民服务，在这里完全是口头语而已……

“电话呢？”陈聪平找电话机，打了个电话给镇长，纪委书记，派出所所长。然后走出大门，对着激情如火的村民说：

“乡亲们，乡亲们，真是对不起你们，我们官僚啊！这个村委会确实是个黑窝子，主任、支书都是吸血鬼，我已经通知公安部门，把这两个贼扣起来，进行清算，变卖他们的家产，把钱还给大家。你们之中有党员吗？”

“有、有、有、有。”有十几个村民党员举手说。

上一任被逼走的老书记走到陈聪平面前说：“陈书记，没法子啊！我那时斗不过他们这一伙，被逼走了，我们重建党支部，村委会。”

“好！你是阿松叔吗？听说过，你重新出山组建村党支部，清账，直接向我汇报……”

陈聪平拍了拍阿松叔的肩膀，然后转过头去对镇长说：“先这么定，回头我们开个党委会。七村案件由你亲自挂帅。”

“好！我把纪委那几个人拢过来。”镇长认真答道。

“要尽快，要加班，把账清出，把钱发还给村民，不得克扣。不再拖欠。大家回吧！”陈聪平又向村民打招呼。

“好，走了……”上千村民散去了。

会计也被抓起来了，账册搬到镇政府，村干部以党支部书记为首，贪污勒索，一件一件昭然若揭……

“封了封了，把银行卡收起来……”陈聪平拍着桌子，气愤地说。

逮住了七村村支书，村主任，村会计，治安主任，民兵营长……唉，一窝盗贼啊！全都抓进了看守所，清查了存款……

惭愧，在自己的阵地上，竟然发生如此严重的祸害。他决心举一反三，组织工作组到各村调查，好好整顿一番，共产党的政权岂容欺诈老百姓。

翌日，庄振强领着十几位工人去老圩坪，在他那块工厂地基挖基础沟，庄振强这块地靠近仙坪村，大约有四分之一厂址过了仙坪界，只是历史上把这里半亩多闲地拼入了上浦的夜市地摊，成了街市之一角，既然是街市，仙坪村民也不计较，仙坪有人也在此摆摊，有钱赚，大家赚，没有什么纠纷，这角地拼入夜市已经几十年了，无人反对。

而今夜市撤销了，要在这里建工厂，地被征用了，把这半亩多夜市用地拼在一起征用了，征地款归了上浦六村，而恰好这块豆腐地正是庄振强的一部分。庄振强计划在这块地上建一座别墅。恰好在此期间仙坪村有几位老者忽然醒悟，庄振强征得的这块地中，靠仙坪这个方向有半亩多地，历史上属于仙坪村所有。而今成了庄振强的用地，征地费都让上浦六村收了。老人们回忆，引起了仙坪村村民的不满，内心不服："你有钱有势占我们的宝地？不行，地界要划清楚。"于是几个村民在村里鼓噪了一番，许多村民突然发现夜市上有他们的地皮，现在让上浦人庄振强占去了。一传十，十传百，大家议论纷纷。

"不行，不能让他开工，去抢回来……"有人煽动，保守的农民受利益驱动，几十个人拿竹槌冲向庄振强的地盘，十几个工人正在挖地基，突然几十个人气势汹汹冲进了地基，挥棍赶打工人。庄振强一听，走到工地一看，已经打伤了他的两名工人。不好！他掉转头回到厂里调来一批工人和保安，和仙坪村村民打起了群架。庄振强双手盘在胸前看着他们打群架。工人们打伤了几名村民，进一步激发村民怒火，人越来越多了，有十几个人冲上来，围住庄振强推搡着。

"乒乒乓乓"，忽然有人向天鸣枪，枪声镇住了撕打的人群。原来有人报警，派出所8名警察隔开了双方队伍，群架平息了，人们散了，公安部门要追究带头人，庄振强被抓进公安局，关在看守所……

庄思潮恰好回到赤砺的工厂，闻说此事，不得了，庄老板被抓进了看守所。他急匆匆去镇府大院，找到书记陈聪平。

“不要急嘛！我要了解真实情况才好办事。”

“等不得了，书记，厂里生产全靠振强，我不能按时交货要罚的，罚很多钱啊……”

“我正派人在调解，赔偿村民一些钱吧！”

“赔多少，我出，我出钱买平安……” 庄思潮急得一头大汗。

“那你和我们进仙坪村开个调解座谈会好吗？”

“好好好！我去，我的大姑母是仙坪人……”

“准备出点血啊！”

“好好好，我出。”

“你大姑什么名？”

“庄楚卿，她儿子是仙坪村民兵营营长。”

“噢！那更好，更好……”陈聪平听说庄思潮有亲戚做村干部，心里想着事情会好办多了。

“好好好，说办就办，我们明天进村。”

翌日，镇委书记陈聪平带着镇长，纪委书记，派出所所长和庄思潮步行进了仙坪村，村委会已接到通知，党支书，村主任，治安主任，民兵营营长，村民代表都在村会议室等着。民兵营营长刘沙康一见庄思潮，忙上前拉住庄思潮的手。

“表哥，表哥你也来了。”

“来了，来了，等一下我去看大姑。”庄思潮握了握刘沙康的手说。

“好好好……”

座谈会开始了，陈聪平请仙坪村干部和村民代表群众先谈谈要求。

“哇哟！书记呀！这事惊动了你，惊动了华侨大老板……”村书记说。

“受伤村民入医院了吗？”陈聪平问。

“入了入了，没什么大伤。皮外擦伤，大都出院了。”村主任回答说。

“那就好，这件事因为那块地，那是历史遗留问题，看看怎么办？庄老板要早日出来主持工厂生产，你们看思潮老板跟着来了……”

“是啊！影响我在国外交货的时间，要罚钱啊！”庄思潮抢过话茬。

“你们看看如何赔偿才合理，那半亩多土地征地款要退还你们，我已经通知上浦六村，怎么样？可以吧！”

“可以可以，还有那医药费……”村主任站起来说，想敲一笔。

“那好办，我来出，我来出……”庄思潮说。

“意思意思就好啦，都是一些皮外伤。”刘沙康抢过话头，令村主任无话可说，坐下了。

“我看也不可太简单，医药费加点营养费，我给你们带来了五万元，看看够不够！”庄思潮说。

村主任一看五万元，双目发光，刘沙康却拦住了。

“表哥。太多了吧！”

“老板是你表哥？”村支书、主任一干人等个个目瞪口呆。

“是啊！我的大姑是你们村人，这是我表弟。”庄思潮说。

“噢！好！就这样吧！五万就五万吧！”陈聪平拍板了。

“那我们谢谢老板。有机会也到我们村办企业、办工厂啊！”村支书趁机拉投资哩。翌日，仙坪村党支书，民兵营营长陪同陈聪平到市公安局销案，接庄振强回厂里。又一场波浪平息了。

庄振强急不可待去找那天参加打群架的工人、保安，一个个亲切慰问，送上慰问金。生产全靠工人们啊！

庄振强粗汉子一个，但是他心细。他认为工厂赚钱，都靠工人们日夜开工啊！所以逢年过节，他总是拿出一笔钱给工人们发奖金、利是，工人们没有把庄振强当老板，都当他是好朋友。大家请示工作，见面总是亲切地称“振强兄”……

第六章 “特码”灾难

陈聪平调升县委副书记，主管公检法的工作，上个月离开了赤砺，但是仍把赤砺镇作为点。这个点便是负责帮助镇里的有关事项。

临走前，他把赤砺工商联合会建立好，镇委副书记庄华源不兼会长，主任由全镇一百多家企业无记名投票选举，庄振强以多票当选，同时他已经当选县级市、地级市、省等三级人大代表，工商联合会没有工资，人大代表也没有工资，都是为人民服务的义工而已。

昨天镇工商联合会召开委员会议，会上庄振强大声质问：“为什么上个月的利润税收下降这么多？”

“哎呀！庄会长，有20间厂都关停了啊！”茂盛公司老板许清志站起来说。

“为什么？”

“特码啊！”

“特码？”庄振强是禁止本企业赌“特码”的。

这几个月，不知哪个赌家老板，将香港的六合彩传入大陆。香港的六合彩是政府批准的一个玩法，其中六个号码加一个特号，称“特码”。在香港很难“中彩”，奖金也一般。只是不知哪一个老板把六合彩“特码”当作“赌具”传入内地，赌率1比38。赤砺镇的工业兴旺，欣欣向荣，一个个赚得满脸红光。于是“特码”老板把“特码”引进赤砺镇，高额奖金令许多利令智昏的群众和商人上当了，特码老板躲在海外，在潮海设二老板、三老板，在乡镇广设“记码人”。凡做记码人者可从记码收取赌本中提取百分之三十的劳务费。因此，一声传出，十传百，买特码风起云涌，几个月中也确实有人中了特码，得了30多万奖金。消息传遍各村各户，“特码”之风从此风吹大地，吹进工厂，吹入了想发快财的人心。

镇派出所、工商所、财政所、税务所等机关单位都加入了特码队伍，企业、工厂、商铺更是为“特码”而疯狂了。

每逢星期四、星期六，晚上六点多，沸腾的工厂停了，商铺关门了，家庭衣车也停转了。十几万人在电话旁等深圳电话报特码。一个个望眼欲穿地等待发财消息。

庄振强只能在本厂公司严禁员工赌码，却无法制止全民赌码的妖风。怎么办？他踩着摩托车，上了赤砺公路，上县政府，公安局报案……

县政府所在地红棉城也一样啊！赌风不亚于赤砺。“灾难、灾难……”庄振强喃喃自语，找到县委副书记陈聪平。

翌日，陈聪平暗地里进入赤砺镇，静静地走在街巷上。今天正是星期四，果然街巷静悄悄。街铺关门，工厂停机，死气沉沉。“这是我点燃第一把火的工业重镇吗？”无奈、无奈，群众行为啊！如何禁赌，他叫副书记庄华源先把派出所所长找来。

“派出所所长？哎哟，书记啊！派出所赌得比群众还凶哩，找他们……”

不好了，这股妖风已经注入本地党政的肌体了，这次一定把这股歪风刹住。

“走！”陈聪平叫司机连夜赶回县城，他急于去找公安局局长林乐欣……

县委宿舍陈聪平和公安局局长林乐欣谈到深夜，决定发文至各派出所进行大清查。同时，由县公、检、法、司法四部门组成工作组，进驻重点乡镇，主要是赤砺镇，同时把赤砺镇派出所所长换走，调离公安系统，民警换了三分之一。

县公安局会议室正在开会组织下乡工作队。陈聪平给工作队布置任务。

“查特码工作队是本县一个临时特别执行队伍，你们每个队员都是经过严格审查的中国共产党党员，一定要执行县党委的任务，不得徇私，不得参与赌码。”

……

集训会议开到晚上7点半，今天正是星期四，发“特码”的时日。

“我看，大家先别回家，按照刚才分工连夜下去摸摸情况……”林乐欣局长说完瞪了瞪大眼又说：“特殊任务艰巨困难，怕吗？”他的声音很大很响亮。林乐欣原在陈聪平所在部队集团下面任营长，那年他和陈聪平一起转业，老家是汕洋市人，因此，他转业回到故乡。

“丁零……”会议室的电话响个不停。“我是，什么事？噢！好！快快通知郭队……”

郭队是公安局刑警队队长。林局长转过头去和陈聪平耳语了几句。

“好！马上去现场。”陈聪平收拾起笔记本，宣布散会，他同林局长匆匆离开会议室，出了大门。上了等着他们的面包车，刑警队员邹伟雄边开车边汇报：“宝塔街有个妇女死了，尚不知是否他杀……”

面包车很快来到出事的一间小商铺门外，小商铺关着铁卷闸，只开了一个小门，外面围了许多人，黑压压一大片。进入商铺后面的住家厅，只见一个女孩跪在平躺的女尸旁哭泣不止，有个40多岁的男子站在尸体旁。

“什么原因？”林局长问，“情况了解过吗？”

“了解过了，是这样，不是他杀……”刑警队长把林局长，陈聪平书记拉进后厅，汇报情况。

这里原是一家杂货商铺，商铺在前面，住家在后面。商铺早已倒闭，赌“特码”搭进去了。今日铺主郑木容的妻子郭淑仪买了一个“特码”，下了1万元赌注。傍晚7点钟，前厅来了8位等

“特码”电话的邻居，因为郑木容家有电话。今天星期四，是香港开彩之日，今晚7点将从深圳报来“特码”电话。等“特码”消息之前，女主人郭淑仪进冲凉房洗澡。7点刚过，电话响了，报来特码“6”。

“中了、中了、中了……”女儿大喊大叫，中了，38万啊！

“中了，真的中了！”男主人也大叫。一年多了，买特码把商铺都买倒了，今日果然中了，中了，他在厅中又笑又跳！

“哇！中了、中了啊！”在洗澡房正脱光衣服洗澡的郭淑仪，忘乎所以，高兴得忘记了一切，忽然打开门冲了出来。跳着叫喊着……

“你？阿淑仪……”丈夫大叫一声，目瞪口呆。一声大喝，喝醒了郭淑仪，众人正掩目不敢看她，郭淑仪低头一看。

“哇……”一声大哭。全身光秃秃，一丝不挂呀！郭淑仪吓得急急返回洗澡房，羞愧难当地闩上了门，在洗澡房里上吊了……

“乒乒乓乓……”丈夫在外面使劲敲门，敲门，踢门！晚了，郭淑仪在洗澡房里上吊死了。

“唉……”刑警队长汇报完了，长叹一声……

“灾难，灾难……”陈聪平边走边自言自语，回到宿舍。倒在床上，彻夜未眠，他想啊想，想啊想。从哪里着手呢？“特码”老板在哪里？在境外在哪个地区，哪个国家？无从可查，二老板又在哪里？账号，封账号，账号在哪里，哪家银行？都不知道啊！不知道从何下手，记码，对，从最底的“记码人”人开始，对……

翌日，陈聪平到了公安局，林局长依照市委的指示，向各派出所发出了查“记码人”的通知，全市各乡镇掀起查“记码”之风，派出所纷纷连夜出动，突查“记码”人。

有人报案说西马村有个重点记码户。

“西马？什么名字？”

“李阿六！”

“李阿六？好！这家伙上个月才释放……”新上任的派出所所长郭华带着两名警察，开着摩托车直奔西马。查问一番，找到李阿六住址，一进门发现李阿六正在给人记码收钱，桌面上摆有几张“特码”小报。

“不要记了！”一位民警上前抢过李阿六老婆手上的那张特码纸……

“你们……”李阿六一看，不好，警察，于是他心生一计，“诬陷！”

“喂！你们干什么？”因为他们没有穿警服，劳改过的李阿六有经验，胆生毛了。

“有贼，有匪啊！调戏女人，抢我老婆金链啊！”他边说边扯下老婆的金链抛到一位民警身上，然后跑出大门去大喊大叫。

“有贼上门抢劫，调戏妇女啊！大家来帮忙。”正在等“特码”的村民三五成群，围上来看热闹，人群越聚越大了，几百人，上千人围了过来。

“上村委？”派出所所长大声喊。

“去就去……”李阿六和几个不明真相的村民上来推搡着三位民警，推上了设在二楼的村委会。李阿六对着人群大喊：“警察穿便衣扮作贼，到我家里抢劫，调戏我老婆，还以查特码为名啊！乡亲们。”村民们听了，不明真相，觉得好奇，好事的人更是拥到村委会楼下，大喊大叫，那些记码的明知是派出所查记码，李阿六把他们当贼，好计策，同伙们拊掌大叫，对对对！贼，贼！谣言真的可以惑众，谎言煽动了好多不明真相的村民。

“打死他，拉出来……”有人大喊大叫。人越聚越多，隔壁村民也来了，夜里10点了，越闹越凶。

忽然一阵警笛声，公安局闻讯派来巡警队，队长罗进乐带着15名巡警风驰电掣赶到。他们吹着哨子，冲进人群，冲开一条通道，冲上二楼村委会和那3位民警会合，准备带走他们。共18名民警冲出人群，然而李阿六大喊大叫：“假的，他们是同伙，假警察，骗我们，不能放过他们……”

于是不明真相的群众又围了上来，团团围住了村委会。有人动武了，扔石头砸警车，有人提着煤气罐要去烧村委会：“烧死他们，烧，烧……”呼声如雷。二楼18名警员无计可施，不可硬冲，一定不能冲。

“不！我们3人冲出去，你们从后窗跳落到邻屋顶……”巡警队队长布置着。公安局局长来了，政委来了，陈聪平书记来了，看呀！人声鼎沸，不得了，陈聪平在人群中大声呼喊：“你们平静一下，不要上当！”一个人的声音，被众人的狂呼声掩盖住了，谁能听你的……

一时间，领导们举目相望，想不出办法。群情难抑啊！可是那二楼上18位民警的生命危呀！危在旦夕……

忽然天上打起了几声闷雷，随即一场大雨像一股股强压的水柱一样，喷向人群。“下雨了，下大雨了……”有人大叫。哪会？刚刚还是晴天啊！此刻，大雨已打得许多人东倒西扑。此时警笛才响了起来，响彻云天，人们动摇了，怕了，散了，一路散去，不到10分钟，人群散个精光……

夜深了，公安局会议室灯火辉煌，陈聪平正和大家开会，布置善后工作，组织调查组下乡，把带头闹事的嫌疑犯查出来抓起来，借此大事件，全面清理“特码”，从“记码”查起，一级一级排查，彻底查。

第七章 除恶务尽

你有点钱，你富了，可得小心，别让贼盯上了，惦记着。

赤砺的工业大发展，现在连过去那些穷山乡也有人办厂了，因处于工业中心，已无什么可征用的地皮了，许多闻讯而来的华侨港澳台同胞们回到赤砺一看，一个个捶胸顿足："唉！我们保守了，慢三步啊……"于是他们各显神通，去赤砺上浦附近的小乡村占地建厂。赤砺的工商业大发展，富了强了，有钱了，于是贼匪也随之而来了。昨夜夜深时，人们还在梦乡之中，上浦八村的一家服装厂，发生了抢劫大案，两名保安被贼用枪射死。

刚刚过了冬至，大伙吃完围炉饭，喝了酒，醉了，睡了。八村庄平德的服装厂，两层楼，八十几台衣车，今夜不开夜工，留下四个保安守卫着。

“砰砰砰砰……”忽然大铁门响个不停，有个保安去开小门，看看是什么人。保安刚打开小门，一个蒙面人挤了进门，推倒了保安，此时又连着拥进了一伙蒙面人。

“有贼有贼……”开门的保安大叫，“乓！”一声响，保安倒下了。

“谁……”又一个保安冲上来。蒙面人用枪指着这位保安。

“老板呢？叫他拿10万块钱出来……”一个持短枪的蒙面小个子恶狠狠地说。

“老板，老板回家睡了……”保安十分恐慌地看着黑洞洞的枪口。

“财务室呢？”

“无锁匙，财务都回家了……”

“乓！”又一声枪响，这个保安也倒下了。劫匪们在厂里四处找钱财，把保险柜砸开，抢走了柜里几十万元现金，得手了。瘦个子匪首吹了一声口哨，匪徒们迅速逃走，留下了一个血淋淋的现场。

接到报警，派出所来人了，公安局来人了，局长来了，陈聪平书记来了。天刚放亮，他们一个个急匆匆赶来了。法医仔细检查现场，捡了两个弹壳。“这是仿六四式手枪子弹，口径应在7.65。”刑警队技术员郭小强把两个弹壳放进证物小袋。

“两人都是头部中弹，一枪致命……”法医翻检着死人身体，进行初步尸检。

“报告，保险柜门打烂了，里面空空……”一位民警跑来向林局长报告。

“最近有群众反映，这一带有一伙人收‘陀地’，不知真假，是否这伙家伙……”局长林乐欣皱了皱眉头说。

“真的真的，林局，最近老街有几位店主报警，有人上门收陀地钱，都是晚上六七点，商铺关门的时候。”赤砺派出所所长邹海强上前报告说。

“商店老板认识那些人吗？”陈聪平书记问。

“有一个老板看见其中一个猴子脸，像是赤砺横陂村那个什么山草仔，不知道这人名字，不过此人以前曾多次去老圩坪夜市地摊强收‘陀地’钱，我们打击了几次，他们一见我们便如鸟兽散，没有抓到人。”所长陈述。

“不是，不是，抓过一个是外省人，行政拘留后放走了，听说这个小匪洗手不干了，去汕洋市工厂打工。”

“叫什么名？有存底吗？”林局长急问。

“有有有，我把档案留在派出所资料库。”民警忙答道。

“查，顺藤摸瓜……”陈聪平挥了挥手，决断地说，“不能让这班黑匪破坏社会和工厂治安……”

确实如此，近来赤砺镇乡村群众都传说，赤砺有个黑社会头目，带着一伙人，横行乡里，许多店主、工厂主、村民都被勒索过。这伙人拿了钱就散去，走得了无踪影。赤砺横陂村林山草的儿子，人称“草头王”，此人很久不回家了，终日在外面流窜。

“是他吗？一定要设法捉拿他，他有血债……”林局长气愤地说。

于是，全面开展大调查、大搜查，寻找“草头王”的下落。“草头王”闻讯急忙解散了队伍，隐藏了，散了，走了，走到外乡去，下落不明……

话分两头：

离过年还有十几天了。庄振强和庄舜琴已经办证好久了，由于刚办起工厂，忙得不可开交，婚礼久久拖延着，现在他俩商量，不想把婚期拖到年后，就在农历十二月二十五吧！双方父母也都同意了。

“还办酒席吗？”庄舜琴问。

“办办办！这件事全赤砺都知道了，我这个小老板还敢不办？”

“请多少人？”

“大约一百几十吧！”

“那赤砺无这么大酒楼，丰发三楼摆不下……”庄舜琴一对明亮的圆眼睛深情地望着庄振强，“去汕洋市办？”

“那不好，太远了点，客人也不方便，难为朋友和乡亲们。”

“去哪里办？”

“隔壁镇金元大酒店，不太远，几里路，酒店也够洋气够大，那个大厅也够摆二三十桌……”

庄振强胸有成竹。

“好，听你的。”

于是，庄振强赶忙去金元大酒店落单订位。

“不好意思，庄老板，大厅有人订了，农历十二月二十五，和你撞日。”

“也是婚宴？”

“不是的，是生日宴。”

“生日宴也要三楼大厅这么大地方？”

“那我不清楚，反正他们下了订金，包了，老板你有多少人，去三楼吧！三楼有十八间房，五间大房可以摆两桌，三楼总共可以容下二百客人啊！不少了……”酒店老板递上订单。

“那好吧！”庄振强下了订金，往回走时想着，有谁这么大手笔，在二楼大厅摆几十桌酒席庆祝生日？他真是丈二金刚摸不着头。忙着去商店买红请帖，回去好叫舜琴填写。庄振强才读了三年书，不大会写字，还是庄舜琴文化水平高啊！

……

县里陈聪平副书记，林乐欣局长接到请帖，异门同声地说：“有这么凑巧？”

原来大前天赤砺派出所所长来报，上回抓了之后放回去那马仔来报，旧历十二月二十五日，他们的草头司令要在金元酒店请同伙为他庆生。

“他敢……”林局长不大相信。

“那个马仔讲，风头过了这么久，而且不是在赤砺镇，是在隔壁的镇摆，这个镇又不归潮海这边管，不怕！”

“噢！全来？”

“他说全来，大约有上百人……”

“这么巧？”林局长拿着庄振强的请帖，迟疑着，思疑着。

“我们再研究研究……”陈聪平把林乐欣拉到他房间关上门。

“此事一定谨慎，保密进行……”

事不宜迟，陈聪平打电话约庄振强速速来见。庄振强一听，十万火急，便开摩托车飞向县城，冲到陈聪平房间，只见陈聪平和林乐欣在下象棋。

“哇！来了，好好好……”陈聪平推开棋盘冲工夫茶。

“振强摆结婚酒？”

“是啊！我们都办证半年多了。”

“应该应该……”林乐欣拍着巴掌说。

“多少客人？”

“大约有110人吧！”

“哇！好大排场啊！订了多少张席？”林乐欣急问。

“就在金元三楼，全包了，有200多个位。”

“那好，你用多少？”

“120左右吧！”

“这样，你给我们留10张台，100个座位如何？”

“干什么啊！”庄振强莫明其妙。

“是这样……”陈聪平冲着工夫茶，他们三人商量着，密谈着，一直谈到夜深……

农历十二月二十五日晚6点起，金元酒店大门口站着6个男女青年，打扮整齐鲜艳，胸前挂着迎宾的红布条。他们笑脸迎着进入酒店的客人，不管二楼三楼都在欢迎之列。

7：30宴会开始，二楼有70多人，饮酒作乐，狂欢着，扭摆着，三楼房间静悄悄，不见动静。

敬酒一巡又一巡，三楼8间房有酒有汽水，特别客人全都喝汽水，“酒”过一巡，二巡，三巡，二楼大厅打闹嬉笑不停。

“哈哈哈，来，祝老大寿比南山，福如东海，敬一杯……”

两三个醉汉上前给那个瘦猴子脸的大哥敬酒。

“好好好，大家喝，今夜尽兴……”猴脸草头王忘乎所以，喜形于色。

“叫，叫老板唤美女，美女……”他要叫卖淫女陪他，陪伙计尽兴……

“来了来了。”老板带来一群姑娘，匪徒们一拥而上，动手动脚，然而他们还没来得及摸到什么，便被姑娘推开了，推开了。

“干吗！‘鸡’都这么有力……”他们哪里知道，这群美女大多是警察化装而至，也有几位女民警，她们也是从警校培训出来的啊！

“不要动……”突然一声惊雷，冲进一群便衣警察。

“不要动！蹲下，抱头……”

又冲进一大群民警，荷枪实弹。

“手铐不够，用绳子！”林乐欣局长冲在前面喊道。匪徒们大多蹲下了，双手抱着头，投降了。

“草头王呢？”林局长寻找着，不见匪首草头王。

“快搜！封住楼道……”刑警队长大叫道。

草头王缩了乌龟头，躲进厕所，二楼是大厕所，没有大门，里面8个厕位都有小门。草头王躲进厕所里最里面那间厕位。

“厕所，在厕所……”有个匪徒主动交代，从厕所跑出来大叫。

“砰”一声枪响，这个匪徒倒下了，枪从厕所里打出来。

“草头王，你走不了啦，投降吧！”

“砰”一声，又打出一枪，民警们忙卧倒，刑警队郭队长慢慢爬进厕所，回头示意同事们开枪掩护他，草头王不敢露头，打了一枪又藏进去，又出来打一枪，负隅反抗，死不投降。郭队长爬到草头王躲藏的隔邻厕位，外面民警枪声不停，草头王不敢露头，不知道有人已爬到他身旁的厕位。

“砰！”一声枪响。郭队长突然站起来站在厕盖，伸手往隔壁厕所位打了一枪，厕间是半矮墙。

顿时静了枪声，民警们试探着以卧姿爬进厕所，打开第八间厕所门，一个尸体倒了出来。这个恶贯满盈，一身血债的草头王死了，让郭队长一枪打中头部，当场死了，死了。“好嘢……”大厅里民警们欢庆着，押着80多个匪徒走了，上车了。作恶多时的草头帮被毁灭了……

第八章 更上层楼

赤砺服装工厂已经有120多家，家庭作坊就更不用提了，反正家家有衣车在车文胸，工厂把半成品发到各家各户……

订单不断飞来，几天便有一位华侨回乡投资办厂，赤砺穷了一千几百年，今日真的发达了。工商联管理会里委员们正在开会，研究安排侨商的投资计划、讨论征地等事项。上浦八个小村已经存地不多，很难安排征用田地，而今只能向四乡八里发展了。

“振强会长，我们接到退订电话……”

“我们也是……”

“我们……”

一连冲进十几位工厂老板，他们飞报，国外合作多年的客商，不知何因，竟然纷纷退订单，包括国内上海等大城市的采购商也纷纷来电退单。

“什么事？发生了什么祸殃……”庄振强摸着头，一脸疑云，“为什么？为什么？”

“产品要升级……”门外一阵响当当的声音，庄思潮和几个伙伴从国外急急赶回赤砺，他们不定期到商会，人未进门声先到。

“你们看，我们的产品落后了，我在南美各国的订单也大多被退了，他们要的货是这种高档的……”庄思潮说着从行李袋中掏出几个女装内衣（文胸），“你们看，绣花的，绣花文胸，各种花样都有了，我们的产品都是光的，现在国际流行用绣花文胸……”庄思潮一口喝尽一杯工夫茶，哀叹一声。

“这种绣法，人工很难操作……”庄振强拿起庄思潮带来的文胸看了看，看着那美丽的花图。

“是啊！不是人工，是机绣……”庄思潮的助手抢过话茬说。

“用电脑绣花机，设计好花样输入电脑……”庄思潮补充着，“我们落后了，落后了，全世界都在发展啊！”庄思潮又喝了一杯工夫茶。

“什么机器……”商会委员们异口同声。

“电脑绣花机！”

“哪里有卖？”庄振强急问。

“C国，小小海岛的C国发明了电脑绣花机，世界掀起了电子潮流，可我们还靠人工，落伍了……”庄思潮心有不甘。

庄振强拿着绣花文胸仔细端详，脑里浪潮翻滚，怎的是好？怎的是好？

“向他们买机器，派人去陪训……”庄振强突然大吼一声。

“不不不！他们不出货。自己到各地办分厂，不卖机器，我四处打听过。”

“这绣花机哪个国家还有？”

“马来西亚有一间，他们投资的厂。”庄思潮答道。

“卖吗？”

“难难难……”

“你有朋友在这间厂吗？”

“有，我有个表弟在那家厂里打工，电脑绣花机维修工，他去C国总厂培训过。”庄思潮有个亲戚在马来西亚。

“找他去！”庄振强果断地挥手说。

“找他？试一下？”庄思潮有些疑虑。

“我们做工作，你下功夫……”庄振强极力鼓动着。

“好！我请姑母出面，做他工作……”

“这两天出发……”

“你去？”

“是，我要去，争取入厂看一看。”

“去几个人？”

“我一个！”

“……”

事情就这样决定，庄振强鼓动庄思潮一起去探路挖墙脚……

下了飞机已是傍晚5点多了，庄思潮忙带庄振强去拜会在马来西亚的姑母，带了一个美金大红包。

“大姑，大姑……”庄思潮在门外，按了按门铃。有位女仆来开门。

“请问你们是……”女仆问。

“我大姑在家吗？”庄思潮轻轻地问。

“在在……”

“谁呀！”厅内有人问。

“老太太，有客人……”仆人忙说。

“噢！我来了……”只见一位约70岁的老妇人，雍容华贵，鹤发童颜，健步走出来。

“大姑，大姑……”庄思潮迎上前去。

“啊哟，阿潮仔啊！好久无见面了，快快快。”老妇人拉着庄思潮进了大厅，庄振强跟着进去。

“这位是……”大姑问。

“老乡，赤砺的好友，老同学，庄振强……”庄思潮拉着庄振强坐下。

“表弟不在家？”庄思潮掏出一个大红包，里面有一万美金，“我赶飞机无买什么礼物，这点小意思请大姑收下喝工夫茶……”庄思潮毕恭毕敬奉上红包。

“哇！还客气啊，小侄，父母还好吗？”

“好好好，健康着呢！”

“好好好，健康就好。”老人冲上了工夫茶。

“表弟呢？”

“还未下班……”

说话间，一个高大汉子走进来，一阵风似的，此人走路健步如飞。

“谁呀！老妈子……”

“啊呀回来了啊，快快见客人，你表哥思潮……”老妇人介绍着。

“噢！表哥……”

“表弟，久未见面，威风啊！”庄思潮向庄振强介绍表弟袁海涛，“就是他在那个工厂打工，做机器维修工。”

“好啊！工资高吗？”庄振强问。

“还可以……”

当夜大家在宾馆商量，如何由袁海涛带他们进厂参观。

翌日，袁海涛带着他俩到工厂维修车间喝工夫茶，这里是袁海涛的地盘。他是车间主任。庄振强动脑筋了，他无心喝工夫茶，四处张望，到隔壁车间看绣花机，一项项记入脑中，庄振强没什么文化，但是他脑子好使，记忆力极强，绣花机的操作，一步步印入了他的脑海。

“振强来喝工夫茶……”庄思潮喊道。

庄振强回到维修车间，无意中看见角落里一堆废铁和废机床、机头……

“这么多废机器？”庄振强对其中一台坏机床感兴趣了。

“坏了，缺一个口，不能用，今天要送去废品站了，来，喝茶。”袁海涛起身敬工夫茶。

“思潮……”庄振强对庄思潮耳语了一阵。

“好，好好，表弟啊！你这批废品我买了，多少钱？我用美金！”庄思潮试探着。

“哎哟！表兄你要这些烂家伙做什么？扔大海啦！”

“我帮你扔，来，2000美金，交代得过去吧？”

“别别别，就值一百几十元吧！”袁海涛忙摆手说。

“就这样了，请帮我搬运……”庄思潮果断地挥挥手。

“好。我来请工人……”

……

两百多公斤废铁被运到了飞机场，打包托运回中国的小小乡镇——赤砺。

是夜，庄思潮再赴姑母家喝茶，姑母年纪大，早早入睡，只有表兄弟两人蜻蜓点水地喝着工夫茶。

“表弟？表弟妇也在厂里？”

“不在，她这两天回娘家了，她母亲年纪大，我让她回家照顾。”

“还有佣人啊！”

“是，有个女佣人。”

“开支不少啊！”

“马马虎虎过啦。”

“那你那份工资有无几千美金？”

“无无无，计起来也就1000多美金。”

“噢！那生活也紧啊！”庄思潮说着掏出一沓美金，有两万美元，“你拿着替我买点补品给大姑……”

“不，不得，不得，老妈要骂的……”

“那你就不说嘛！”庄思潮把那沓美金塞在袁海涛手里，“别客气了，我们是兄弟。”

袁海涛收下了，他不知后头还有文章……

回到赤砺，回到厂里，庄振强把那堆废铁放进他厂里机修车间，他看了又看，翻了又翻，就是看不懂。天啊！庄振强没有学过机器，哪里看得懂。要请做过机器的工人，没一个，都是农民洗脚上田，到工厂里去寻找，许多工人都不懂，他们也是农民工啊！

“你去重庆找啊！重庆许多大兵工厂下马，很多老工人下岗转行，他们都是懂机器的人……”有个姓陶的工人反映说。

当夜，庄振强在丰发宾馆庄思潮房间里商量着。

“你想自行生产绣花机？”庄思潮迷惘地问。

“是啊！求人不如求己，不过太难了，一窍不通啊！请师傅，从零起步……”

“怎么起步？这种工厂很特殊，小鬼子老板鬼精鬼精，不卖机床……”

“我们自己做！”庄振强截住话茬。

“那太难了，无人才无技术，一张白纸啊！”庄思潮十分为难。

“我去重庆走一番，那里有大批军工厂下岗工人，下岗转岗。”

“路途遥远，千里迢迢，他们……”

“诚心，只要我们诚心，心诚则灵……”庄振强固执地。

他又指着庄思潮：“你去马来，动员你表弟……”

“你叫我去挖墙脚？”

“不，不是，是高价聘请师傅，一定要做到！”庄振强斩钉截铁地说。

“胆子太大了啊！胆生毛啊！”庄思潮不可思议。

“我让那小岛鬼子，不，全世界都求我……”

“你太狂了……”庄思潮一下子好像不认识面前这位老同学了，他看得出，这是一位敢闯世界的农夫啊！

“我看难，表弟不会来！”庄思潮断言。

“高待遇吸引他，他现在工资多少？”

“1000多美金！”

“我给他五倍，6000美金月薪，我来出。”庄振强豁出去了。

“他家里有老母亲，有事儿……”庄思潮又说。

“我给他假期，一个月给他10天假期。”哇！条件太吸引人了。

“这样，我去试试……”

“不是试，是一定要成功，你要讲计谋，先动员你大姑……”庄振强计谋多，给他出主意。

“好，好！为了我们的订单，我拼了……”庄思潮想通了，准备出点血挖墙脚去了……

这一头，庄振强安排了工厂工作。和妻子庄舜琴交代一番，然后拿着行李袋，乘车去机场，飞往重庆求贤了。

1个月过去了，马来西亚的技术师杳无音讯，庄思潮还在那里待着。老板不放他表弟，说他表弟合同未到期，还有三个月合同期。

“买断合同要多少钱？”庄思潮只得硬着头皮出血向老板买他表弟3个月合同期。

这一头庄振强也不顺利，真的求人难上难啊！转岗的老工人大都50岁左右了，他们大都不愿意抛家弃舍，跑千多公里远去南方海边。

庄振强不甘心，他需要老钳工、车床工等有经验的老工人。他一次又一次地上门动员，心诚则成，有两位50多岁的老钳工被他的真情所感动，跟着庄振强上了飞机，来到赤砺。

在马来西亚这边，庄思潮花两万美金为表弟买下3个月合同，带着袁海涛辗转飞来，来到了赤砺庄振强的绣花机工厂。终于，第一台绣花机出来了，第二台出来了，本乡本镇老板们一个个争先找庄振强绣花机厂订货，庄振强还办了绣花机短期培训班。绣花机厂三班倒，日夜开工，满足本地工厂需求，一律不外卖，只限在潮海地区……

绣花机厂有了绣花机，培养了一批又一批技术人才，绣上了一束又一束美丽的花朵。赤砺，不，潮海地区的女装内衣、牛仔裤订单如雪片飞来，制衣工业上了一个新台阶；赤砺人自豪地开怀大笑……

第九章 双台风来袭

赤砺镇制衣工厂，有了绣花机，绣出了美丽内衣，绣出了美妙前景。你走到街上看看，一个个喜笑颜开，撸起袖子，干吧！发财吧……

这天，快到拂晓时分了，外面依然一片黑蒙蒙。此刻正是黎明前的黑暗。

“呼呼呼……”忽然一阵阵呼呼声，从天外传来，一阵阵海风吹来，一阵接一阵，一阵更比一阵强。少顷，门响了，窗响了，雷响了，炸雷和风声在唤醒睡梦中的赤砺人。风声越吹越凄厉，“咔嚓、咔嚓！”一阵阵闪电过后，雷公发怒，轰隆隆，雷声不断，噼噼啪啪……大风中，雷声中，一阵阵暴雨倾盆而下，横扫着……

庄振强被雷声和窗门的响声吵醒了，他下了床，走去开门：不好！一阵旋风吹进门来，风力太强了，把个高大的庄振强吹了一个趔趄。庄振强后退一步，站住了，再出门去看，横风横雨打得他站不住了。

“不好，刮台风了……”他大叫一声，庄舜琴立时起床穿衣，要出门去工厂，却在门口被大风吹倒了，庄振强忙上前抱起妻子。妻子一起来便去关窗门，风雨从窗户横扫进房间里。

“刮台风不能关窗，快快打开窗门，让风穿过……”

是的，刮台风，不能把窗户关闭，强大的台风吹来，让它从窗中通过，否则，屋都被吹倒。天亮了，风也越发强劲了，雨更密了。台风暴雨响雷交会着，冲进了整个赤砺镇，不好了，强台风，风力超过十二级了，快去打电话给县里……庄振强顶着台风暴雨，去了商会打电话（那时还没有家庭电话），一路上跌倒无数次，跌倒爬起来，再跌倒，再爬起来。他定睛一看，街上吹得什么都有了，衣车、电脑、家具，还有那些小汽车、面包车都被台风吹翻了……

赤砺镇十几个村村民都被雷声和风声惊醒了，打开门发现出不了门，惊慌了，怎么办？

天已大亮，消防队来了，武警来了，县里市里领导都来了。县委副书记陈聪平一干人马，乘着大班车来了，台风下哪敢开小车。但人来了又能怎么样？站都站不稳，无计可施，天灾啊！

狂风无情地卷起那些小工厂的铁皮屋瓦，连他们厂里的衣车、面料、半成品都被吹起来了，在空中飞舞着，飞舞着，飞走了，飞远了，不知被吹到何方才落下地，路上四处都是衣车杂物。

“丁零！”商会电话响了。

“我们要排洪放水了……”鸡笼水库来电话了，天坪架水库也来电通知了，他们要开闸泄洪了。赤砺上方大山中有两座水库，50年代修成的，暴雨把水库灌满了，水库的水快漫过库坝了，快倒坝了，不得了啊，如果两座大水库倒下来，赤砺十三乡会全被冲平的，寸土不剩啊！他们不得不开闸泄洪，真是祸不单行。

“风小了，雨停了……”庄振强一身雨水，站在门外说。

“噢！风要停了，台风快过了，我们……”陈聪平庆幸的话音刚落，忽一阵强风吹来“呼……”

“不好，又来一个台风，罕见的双台风！”镇党委副书记大声吼了一句。

“哇……”

“呼呼呼……”狂风一阵比一阵强，铜钱大的雨点弧泼着，倾倒着。灾难，又一场大灾难，一场横祸飞临了服装工业镇十三乡。风还在呼啸，雨还在倾泻，水库排洪的水到了，发大水啊！家家户户、厂厂店店都泡在水中，站在风中啊！摇摇欲坠……

天灾，特大天灾，风中、雨中，哪个敢出门，部队来了，市、县领导来了。第二个台风比头一个台风还强大、还横，横扫一切啊！大家束手无策，望着黑蒙蒙的天，任由台风作恶，任由台风暴雨袭击，任由大水入屋……

部队和领导们只能待在镇政府礼堂，一个个急得团团转，有如热锅上的蚂蚁，村民、工人的生命财产都还在双台风大水之中啊！

……

天空渐渐发白，乌云渐渐散去。风停了，雨还在下，天灾渐渐远去。

领导们领着战士，一个个冲向还在下的雨中，把各个小村……

“树尾洋！”天啊，这里有40多家作坊小厂全都吹不见了，只见路边有6具尸体，遍地被吹成了废品的杂物衣车，遍地服装布料、半成品，遍地皆是……

当年上马匆匆，为了赚快钱，赶时髦，他们大都用砖头围起四堵墙，盖上锌铁皮瓦，便摆上衣车开工了。是的，赶上了好机会，赚了钱，然而农民意识啊！这样简陋的厂房，怎经得起台风的考验啊？

赤砺处在太平洋海岸线，年年都有台风啊！村民们想侥幸，可天灾不容侥幸啊！

如此的还有急水桥村、石步头村、大坑村、官渡村、头坑、石油村……天啊！许多简易工厂塌了，设备不见了，材料不见了，四处有尸体，一批又一批伤员，县委副书记陈聪平眼看如此灾情，潸然泪下。

救护车来了，不，几辆救护车也不够，客车、大客车、货车都叫来。

“通知汽车站派大客车……”陈聪平挥了挥手又说，“县医院不够床位，送市医院、邻县医院……”

“请镇政府、镇商会调查登记一下，写个灾情报告，越快越好，政府要速速拨款救灾。”县委书记表态了。

“初步统计，倒塌工厂57间，死者是外来工居多，有30多人……”镇长汇报道。

“外来工也是工人，也是人，必须同等对待，要发抚恤金，要到他们家乡慰问……”陈聪平交代道。检查组还在各处检查着，他们一行来到上浦七村地头，忽然眼睛一亮，这里有一排砖木结构的三层楼厂房，在双台风的冲击下，依旧毫无损坏痕迹地立着。

“怪了，别村的砖木结构厂房都倒了，这里……”商会会长庄振强上前细看，喃喃自语。

“这里前后有两幢六层大楼挡着，你看！”庄华源指着大楼说。

“噢！两幢大楼救了他们……”

这时检查组走进其中两家工厂细看：

只见一楼的衣车，一排排毫发无损。上了二楼是仓库，一堆堆布料摆放着。上了三楼一排排双层床摆列有序，是员工宿舍。他们又看了几间，都是如此一般。

“庆幸，庆幸……”庄华源拍着巴掌说。

“这叫三合一工厂，非常危险！”消防队队长说。

“是啊！这种三合一工厂，十分危险，躲过风灾，难逃火灾……”公安局林局长大声说道。

“一定要整改！”主管政法的县委副书记陈聪平下命令道。

“拆掉！拆掉重建……”林乐欣交代镇派出所所长。

“立即通知厂主到商会开会……”庄振强急忙说，他十分担心又会发生灾难，死人。

“再检查一下，看全镇有多少这种三合一工厂，一定统一整顿。”林局长按了按派出所所长肩膀说。

“是！”

“要尽快！”陈聪平上前交代。

“我们再到其他村去看看……”林局长请示了陈聪平书记。

“对，彻底清查一下，赶快处理……”调查组跑遍了13个村，调查落实，共有这种三合一工厂60多家……

翌日，公安局消防科、消防队、镇党委、派出所召集60多家三合一工厂的厂长到镇里开会，当场要他们写保证书、整改计划书。

“一律改建为钢筋水泥结构的厂房，你们去参观人家工厂……”消防科长斩钉截铁地说。

“我们资金……”

“我们的许多订单……”

三合一工厂的厂长一个个面露难色推托着。

“不行，停产整顿，否则要罚！”消防科长恼怒地拍了拍桌子喝道。

“我们……”

厂长们口服心不服……

第十章 重建家园

双台风走了，无影无踪，留下一片狼藉。

县委副书记陈聪平住进赤砺镇政府，日夜蹲守着，领着一班人讨论、安排重建计划、防灾计划……

教训是多么深刻啊！镇党委研究的第一个问题是如何整顿乱搭乱建现象，统一工业区、工业园。

“赤砺原来是一个农业小乡镇，几年前才开始发展，工业一时蜂拥而起，为了抢生意赚大钱，没有规划，没有标准，乱搭乱建，谁手快谁赚钱，一时间乱搭乱建铺天盖地，目前几十家工厂都是砖木结构的小厂房，占街占巷，见路插建。一片乱象的小厂房，埋伏着灾难，从这次双台风中看到了，80多间铁皮屋顶、砖木结构的简易厂房全倒了，有的被台风刮走了，不见了踪影，死伤多人。

“悲惨的后果……”陈聪平痛心地说。

“对对对！一定要有个领导班子。统一计划，制订计划……”庄华源举手说。

“我们在那个时候真是想不到发展这么快，一下子工厂遍地开花啊！”镇人大常委会主任郑少辉无奈地摇了摇头说。

“我们还是要进一步调查，然后发动群众整改……”陈聪平说。

“工商联一定得参加。”庄华源补充说。

“走，我们不要闭门造车，通知庄振强参加，我们下村里现场调查……”陈聪平说着，站了起来。

20多人的调查组，走街串巷，只见遍地狼藉，砖头、铁瓦、布料、坏了的衣车、锅、盆……什么都有，惨不忍睹，有的厂房被吹走一半，有的只剩墙基。

“乱象乱象……”陈聪平心痛地说。他接着又说：“乱象啊，乱搭乱建，占道占巷，见缝插针，真的是小农意识，没有规划，没有统一标准，没有远见，只看见眼前蝇头小利……”陈聪平感叹着。

调查组跑了一个上午，中午回到镇政府，午饭后开会，讨论计划。

最后形成决议：

不许乱搭乱建，画上红线，违者拆屋罚款。

规划四条大街，不许在大街红线内建厂房。

被台风吹倒的砖木结构厂房，不许重建。

规划建设工业园。先建两个工业园，一个在树仔洋，旧厂房基地上；一个在官坑和草埔两个小村接合部，征地统一建设。

工业园中的厂房统一规格，一律用钢筋水泥圈梁结构。

每座厂房占地多少平方米，要征求厂主意见，由县政府建设局、镇建设所、工商联派人联合组成复建办公室……

“谁来负责？”镇长问。

“县建设局局长任主任，镇里派庄华源副书记，商会派庄振强任副主任。”陈聪平有条不紊地说。

“派出所要派人参加……”镇长补充道。

“还得成立纠察队，负责日常督查。”镇委书记补充道。

“陈书记你不挂管？”庄华源希望陈聪平撑腰。

“不！我在县里政法战线事情多，不要到处挂名，有事我一定来……”

“要先开个会，倒了厂房的厂长们集中开个会，通过一下，集资建厂，我们哪里有钱啊！”庄振强补充说。

“对对对！开个座谈会，一天不通开两天、三天，做他们的思想工作。”陈聪平同意了。

倒了厂房的厂长们集中开会，在镇政府小礼堂开了一天，吵了一天，定不下来。第二天继续，请来了市公安局和工商局代表。会议沉默了许久，倒了厂房的张应伟发言了：

“如果建在树仔洋，我去，我必须建4层楼，总面积要达到1000平方米，我出钱。”

“好，我也去……”

“我去！”

“我去！”

“我去！”

……

有11个人举手了，还有6人默不作声，“我是缺资金啊！怎么办？”庄盛典站起来说。

“我们已经做了银行工作，各厂规划一个总数，可以贷款。”镇长说。

听说有贷款，又有3位厂长跟随庄盛典举手加入工业园。但是还有两位厂长低头不语，他们决意要在原地复建。

“你们两个……”镇长指名道姓了。

“我们在原地重建，不违章……”

“镇里规划了，有一条马路从你们厂址经过……”镇长说。

“可以转个弯吗？”其中一个厂长死硬不听。

“那你……”庄华源生气地站起来说。

“那好，我不给你办经营执照。”县工商局长说。

“我派人封了你的厂。”派出所所长大声喝道。

“你们……”

“这样定了，少数服从多数，桌面上有计划书，一人领一份，散会！”镇长宣布散会。

树仔洋工业园开建了。还有一个工业园，地点选在官坑和草埔两村交界处，计划将未被台风吹倒的几十家小厂搬去这里。

……

基建办公室找到那两个村长商量。

官坑村村长推托：“我做不了主。”

“我也不敢答应！”草埔村村长附和着。

他们心里打着小算盘：“你们征地建工业园，让别人来办厂？我们都准备在那里建厂啊！”

是的，这两个小村尚未有工厂，他们正在寻思着找华侨合作办厂，自己村做主。

“你们做不了主？”庄振强不满地说。

“是啊！要问村民……”官坑村村长吞吞吐吐地说。

“那要开村民大会？”庄华源问道。

“那是当然。”草埔村村长响亮地答道。

“要走群众路线嘛！”官坑村村长附和道。

“好！你们准备一下，定个时间，我们去开……”庄华源说。

商谈无果，只等开村民大会了……

夜幕降临了。官坑村委会前的晒谷场人头攒动，人声嘈杂。两村村民在一起到这里开会。建厂的人来了，有庄华源、庄振强，还有镇长也来了。

“静一静，开会了……”官坑村村长拿着喇叭大声喊道。人群静了。下面请镇长讲话。镇长站了起来大声说：

“乡亲们好，镇里要在你们两村交界处建工业园……”镇长话音未了，人群一阵嘈杂。

“大家静一静，静一静……”庄华源站起来吼道。

“我们自己要建厂！”有人大声喊道。

“建了工厂，你们可以进去办厂嘛！”

“不要不要，不许外乡人进来……”有人大吼。

人群大声附和着，吵闹声一片。

“大家静一静，静一静，书记呢？”镇长大声说，两个村书记干部早已没了踪影。

“我们不同意，别来……”人声嘈杂，会议无法开下去了。镇长几个人只好离开会场，走了。

“两个村的头头们约好的不见面，让群众对付我们。”庄振强朗声说。

“回去向县里汇报。”镇长无奈地说。小农经济思想、自私意识在这里表露无遗。

翌日，镇长上县里找陈聪平汇报。陈聪平给他出主意：

“办个村民小组长学习班，宣传政策，讲明利益共存，还有征地资金也要到位。”

……

3天后，村民小组长到镇政府办班，官坑来了8人，草埔来了6人，共14个小组长。镇长给他们读文件，讲利害，讲利益。口水都讲干了。

“那我们回去动员吧！”有个组长表态。

“征地资金按多少？”有人问。

“一亩地15万元……”

“15万元？赤砺征地一平方米都1000元了……”有人站起来说。

“那是水田嘛！你们那里是土坡旱地。”

“田地都一样，不行，一亩15万元，一平方米才200多元，你们骗人……”有人煽动。“征地费多少可以商量嘛！”庄振强耐心地说。

“一亩地起码35万元……”有人喊道。

“好商量嘛！”庄振强让步了。

“这样吧，一亩20万元。”庄华源提议。

“不可，不可，不得低于30万元……”官坑有两个组长异口同声。草埔的没有表态。

“我们再商量一下。”庄振强把镇长和庄华源拉出门外商量。

“好吧！就这么定，你们回去做工作，我们组织资金。”

3天后，两个村长到商会领了征地款，两张支票。

事情似乎进展得很顺利了，建筑队派人到征地地界内平地，推土机开进工地。工人们开始平草埔村这边坡地，突然涌进一群村民，黑压一大片，一个个手拿棍棒、锄头，“哇哇哇”，冲向工人，冲向推土机，打了工人，推翻了推土机，有几个工人被他们绑上了，押着跪在地上，人群大喊大叫：“打死他！打死他……”有村民拿着棍棒、锄头，追打着工人和司机。要出人命了，形势相当严峻，有的工人被打伤倒地，忽然警察来了，10多人冲了上来，人群还不散。

“不怕，他们人少，我们人多！”有人鼓动着。原来逃出一个工人去报警。

冲啊，冲啊……人群转头冲向民警，要去追打民警，真是无法无天。

“我们有合同，你们村长签的！”民警举着一份合同。

“假的假的……”有人煽动。“我们没有分得征地钱。”有人抗议道。100多人把民警们围在中间，有人举起棍子要动手了。

“砰砰砰”一连三声枪响，民警向天鸣枪了。

“警察开枪了，抢他的枪，抢……”有几个人冲上去要抢枪。

“砰砰砰砰”又一阵枪声，急忙赶来的武警们手拿警棍，冲进人群，挥舞着。围攻的村民开始害怕了，有人散走了。

“快，军队来了，走走……”

他们作鸟兽散了，散去了。战士们抬着被打伤的司机和工人走了，走了，开地不成了……

一个星期后，公安局、派出所民警进村了，镇干部进村了。先把支部书记和村长捉了。然后就地在村委审问：问出了带头闹事的人，其中有两个劳改释放犯。民警们挨家挨户寻找，把带头闹事的人抓了，共抓了8个……

自此，平息了事件，重新平整地基，有两位民警保护，工人们大胆开工了……

第十一章 退税疑云

服装工业让贫穷的农民走上富裕之路，在国外的华侨们一批批闻风而动，回来投资办厂。赤砺镇的外来工人数日益上升，达到8万多人，满街满巷人头拥拥，人群中有上下班的工人，有前来订货提货的客商，也有闻名前来看一看的，而人们到赤砺的最终目的都是：发财。

人群中有个老面孔，这个人几年前从惠丰县来到赤砺做生意，在赤砺老圩夜市上开了一间电器公司，此人叫吴相发，矮矮的个子，三角脸，眼睛奇小，小光头，看上去是一位十分机灵的商人。

吴相发原是惠丰县一位渔民，惠丰县背靠大海，大部分居民出海谋生，村民以捕鱼为主业，渔船大都到广阔的海洋上去捕捞。然而，吴相发在一次出海捕鱼中，遇到一艘外籍渔船，渔船上一位渔民向他兜售走私进口的小商品，价格十分便宜。吴相发这会儿想“发了”。一拍即合，吴相发与这艘渔船的船长劳德福成了朋友，他从劳德福那里学到了生意经，买下几件电器小商品，有收音机、打火机、外国香烟等等，试着拿回去卖给乡邻。然而，吴相发打错算盘，这渔民之乡的渔民都在公海营生，哪个不知道买便宜又有洋气的走私小商品，特别是万宝路、总督、三个五这些洋烟，个个都有。因此他进了1000多元洋货卖不出去了。他日思夜想：“到外乡去，到乡下去……”于是，他跑出去了，附近乡镇都无销路，他一路走来，转东再转东，辗转来到潮海县赤砺镇。他一天一夜都走在赤砺的街上，赤砺是个闭塞农村乡镇，人口众多，圩市热闹，听当地人说，老圩顶有个摆地摊的夜市，天黑开市，半夜收市，在那里摆卖不用营业执照，不需缴税。吴相发来劲了，他连日在夜市漫游，寻找商机。看着看着，他觉得大有机会，有得做。于是他找到当地人，在夜市上租了一间小铺，然后回到惠丰县，驾上机帆船驶向大海，进入公海，不捕鱼，只寻找香港来的渔船，这公海上走私交易多多，他很快买进了一批进口香烟、打火机、收音机等小商品。返船了，这些商品快速运到了赤砺的夜市，进了他那个小铺，摆出架势。这里很少洋货，他的洋货是走私的，免了关税，价格自然便宜，门庭若市，生意不错。很快他又去进货，一批两批，生意红火，吴相发发了，一对细小眼睛眯成了缝儿。有一个人在他小铺旁摆夜市地摊，看了又看，觉得吴相发这生意不错，搭讪一番，谈得投机，和吴相发成了好朋友。这人是赤砺农民庄清溪。庄清溪未满30岁，身材很高，却瘦骨伶仃。他面色发青，八字眉，圆鼻头，阔嘴却找不到食，现在，他看到了商机，从吴相发这里批发了小量走私香烟、小电器、打火机。

“好是好，但是你不能在我这铺前摆卖。”吴相发说。

“好，我另寻地摊……”于是，两人成了好友、商贩朋友。几年过去了，而今的庄清溪不同往日了，他从国外表哥那里借了一笔资金，开厂做服装了，跑订单，进材料，请工人。庄清溪很勤劳，终日奔跑。发了小财，他的心头越发大了，要扩大，扩大？表哥替他借的那一笔资金尚未还清啊！他十分苦恼。

忽然这一天厂里来了一位不速之客，甫一见面，两人哈哈大笑。

“老板……”

“老板？不了，你才是大老板哩！这么大的工厂，财大气粗了……”此人正是多年未见的老朋友，那年批发给他走私商品的吴相发。

“发什么呀？只是个空架子，利少开支大呀！来来来喝茶……”庄清溪热情接待了当年帮助他发小财的朋友。

是夜，两个老友在赤砺丰发宾馆喝茶谈心，谈到深夜。

“我想扩大工厂，拆了旧厂房，建一座五层楼厂区，只是资金十分困难，原先借的债尚未还清……”

“有难处？”

“有啊！正苦恼头疼哩，上个月底表哥从国外回来找我讨债，他也是帮我借的啊！”

“那就看你敢不敢做了……”

“有什么不敢，只要有大把钱赚……”

“不怕风险？”

“不怕，赚钱还怕风险？生意场上风险时时在。”

“那好，你的服装出口吗？”

“出口？笑话，我的牛仔裤、女装内衣通通出口，有几位外商固定订单……”

“那好办！”

“怎么办？”

“到海关报关搞退税……”吴相发低声说。

“退税？有啊！每一批货都凭销售税票全额退啊！政府有政策嘛！”

“我是说这样……”吴相发在庄清溪耳边传授一番道，“这生意很多出口商都在做。”

“这行吗？查不查啊？”

“查不到，只要你有货出口，可以报大数啊，给海关检查员一点甜头嘛！”吴相发面授机宜。然后从他的行李袋掏出一个小皮包，打开小皮包，抽出一沓空白税票：“用这个……”

“那那那……”庄清溪有些迟疑。

“我来操作，你照我的办法去报关退税。”

“那那试一下吧！”

“我收三成利益。”吴相发露出真相。

“好！三成就三成，只要你包不出事……”

“放心吧！”

凌晨3点了，他俩还在计谋着。

于是，吴相发在丰发宾馆包了一间大房，开始操作。

拿到吴相发第一套发票手续，庄清溪赚了8000多元，从小开始，海关没有发现。他不断给经手的关员递信封，通关方便多了，一次、两次成功了，越做越大，一年下来，庄清溪扩建了工厂，还清了旧债，还为村里铺了一公里多水泥路，给镇政府管工业的副镇长送了一次又一次的大红包。庄清溪很会为人处事，很会结交官员和海关关员。他的退税生意越做越大。只报单不用验货，一年下来，赚了1000多万元，这比做制衣好赚多了。大工厂是个大摆设。

“清溪发大财了啊……”整个赤砺镇传播着。庄清溪买下一顶顶高帽，买下了镇、县、市人大代表，又一跃成了全国人大代表，整个汕洋市只有他一个，出名了，出尽风头，他四处去捐钱做公益，越是捐钱越发大名气了，成了“赤砺大善人”。

忽然，海关原来的验关员换了人。庄清溪的空报关引起新关员的注意。新关员是从外地海关调来，空降到汕洋海关的。庄清溪观察了好久，一个月过去了，都不动声色，于是他打起小算盘，给新来的验关员送钱，一捆一捆地送。这位新关员也来者不拒，一律照收。庄清溪放心了，哼！这世界哪有不要钱的人啊！

这位新关员把钱都送到关长那里，汇报了“情况”。

庄清溪却没有发现情况，圣诞快到，退税的金额越来越大了。

“怪了，今天怎么换验货关员了……”庄清溪一脑疑云。

今天上班为他验关的是一位30多岁的男关员，他不动声色，请庄清溪打开货柜验货。庄清溪傻了，怎么会这样呢？他一时慌了手脚，打开空货柜。一会儿庄清溪被请到海关公安分局喝工夫茶了，出事了，出事了，庄清溪一头冷汗。

刚才的值班关员原来是海关公安分局的警察。他哪里知道，那个被他用钱收买的关员早已报了警……

一天、两天、三天……一个星期过去了，庄清溪还没有回厂。他老婆慌了，四处寻找打听，上丰发宾馆找吴相发，但是吴相发无影无踪啊！

今天工作队进厂查账查发票了，重点是庄清溪大工厂，工作队伍庞大，有50多人，其中有国家海关、省海关、公安部门、税务部门的工作人员，一时间，赤砺满天阴云。庄清溪老婆交代了吴相发。警察到丰发宾馆查捕，但是吴相发闻风，早走了，不敢回家，下落不明。

案情太大了，牵涉了不少工厂，许多工厂有样学样，买发票，假发票，骗退税，仅赤砺工厂骗税超过两个亿。

如此骗税大案惊动了省委、省政府、省海关、国家海关总署、国家税务总局，惊动了国务院，中央派调查组到汕洋地区，整个潮海县赤砺镇风声鹤唳啊！吴相发在汕洋地区四处搞假发票假报关，整个汕洋地区初步清查骗税额超过10亿元……太惊人了，惊人的数目，新中国成立以来第一案，开埠以来第一案……

“查下去，彻底清查……”国家有关领导人带着国务院调查组空降汕洋市，主持督查，开国以来的大案啊！

“法办、退赃！”国务院下令了。工作组首先进驻庄清溪工厂，清账、查账，查封银行账号，清查赃款。然而庄清溪骗得的资金花得差不多了，建大厂、捐钱、买人大代表、送红包。骗税所得，庄清溪实得不足三成，然而，他必须承担法律责任。

“封厂、拍卖工厂财产！”汕洋市市长大声说。工厂被封、停产了、厂房没收了，机器拍卖了，退赃，不得延误。于是3000多工人被解雇，赤砺那些涉案工厂都被封了，大批工人流落街头。兴旺发达起来的赤砺上空一时布满了骗税乌云。

庄清溪被判刑了，14年。一夜间庄清溪的头发全白了。老婆也被判了5年，妻离子散，家破了，人关了，庄清溪捶胸顿足。

吴相发跑了，跑到国外去了，公安部把他列为国际通缉犯。

赤砺镇被这场风波吹入了低谷，工作队撤走了，县委副书记带领公检法工作队入驻进行善后。

“先查镇干部！”陈聪平请庄振强参加专案组，由商会会长庄振强负责清查不法商人，上报材料；庄华源负责办企业领导学习班，学习政策税法、海关法，进行大补课。公安局长和纪委书记组织专案组清查涉案的干部，收贿、包庇的干部一律清查归案。

陈聪平深入工厂，做善后安抚工作，发动厂主们恢复生产。一批国外华侨都回来看情况，看到工厂稳定生产，保证按时交货的良好景观。不几天，赤砺工业又恢复了往日的生气。回乡调查的侨商视察了赤砺工业布局，有好几个侨商计划投资办电子厂，改变赤砺单一工业产品的现象。

“好好好，你们做计划，我们规划一下，无任欢迎……”陈聪平和侨商们握手致意。

“我看征地有困难了。”商会会长庄振强说。

“再想法子吧！还有几个村可以发展，深坑、新寨、石岭，这些村还可以设厂。”庄华源补充说。

……

第十二章 鬼仔埠闹鬼

赤砺的骗退税风波，引起陈聪平的深思和自责。当年在赤砺任书记的时候，支持侨胞回乡投资办厂，吹响了制衣工业的号角。一声号角，八方响应，许多祖祖辈辈务农的农民看到希望，看到利益，纷纷请国外亲人亲戚回乡办厂，自己借钱办厂。不几年，制衣厂如雨后春笋，遍地开花，蜂拥而起，都是自发的发展，没有法律意识、政策意识。因此见缝插针，抢占乱建，只由税务所去收税，许多小厂都没有办理经营证照手续，没有备案，便仓促上马生产销售。他们把千百年来的小农经济思想带进了现代工业时代，没有规矩，不成方圆。因此许多不纳税骗税造假的事件屡屡发生，影响了发展，影响了社会治安，影响了党的政策的贯彻执行，影响了国家法律的严肃施行，他们目无王法，这次骗退税风波便是一个实例、一次灾难。违法的灾难降临了，也干扰了工业的发展，破坏了市场的正常经营。陈聪平想了想，做出了决定，一定要补课，补法制课，补规划课。于是他做了一个计划，拿到县委常委会上讨论，形成文件。然后由他带工作队进驻赤砺镇，进行一次法制教育，进行厂房规整规划，改变赤砺工商业的乱象，引导小农经济思想走向现代工业的思想，使工厂老板个个成为遵纪守法，具有长远眼光和持续发展观的现代企业家……

赤砺镇新成立了一个法制办公室，书记、镇长为第一、第二责任人。成立宣传队、纠察队。一件件，一桩桩，走向正规办企业之路……

但是让陈聪平万万没有想到的是，国外华侨庄思潮、林楚洋领着两班华侨到赤砺参观考察，两个参观团中一个是以泰国华侨为主，一个是以新加坡华人为主，他们拥进了镇政府，请求镇政府批准他们进入赤砺办工厂，产品全部出口。赤砺刚刚经历了退税风波，许多人心神未定，前途未卜。此时此刻爱国华侨为了扶持家乡，振兴经济，也因为赤砺是一块闻名国内外的工业宝地，他们来了，有20多位侨商要求征地办厂。陈聪平喜出望外，他接见了华侨考察组，开了座谈会，做了新规划，再建一个工业园。

“还要建工业园？赤砺上浦没有多少成片田地了啊！”商会会长庄振强眉头紧锁，去四乡办吗？那几个小村，山村基础差，交通极为不便。他和庄华源带着华侨考察队跑了一村又一村。都不太满意。

“上浦还有一块土地，很大，可以建个工业园，建几十座厂房……”庄华源忽地拍巴掌说。

“上浦还有哪个村？”庄振强质疑的眼神，心里想，我是上浦土生土长的儿子，还能不知道？

“有有有，是块空地……”庄华源肯定地说。

“哪里有？”

“鬼仔埠！”

“哇！你开玩笑吗？鬼仔埠那可是乱葬岗，没人敢去那个地方……”

“是，过去那里十分荒凉，加上十分无聊的鬼怪传言，人们都把‘鬼仔埠’视作邪恶之地，而今工厂都开到鬼仔埠旁了，还怕？”庄华源边走边说。

“那……带我们去看一看吧！”庄思潮身后一位华侨急不可待地说。

“好，去看一看……”庄振强挥了挥手说。

“那那那个地方，我不想去……”庄思潮的声音有些颤抖。

“为什么？”庄华源莫名其妙。

“我小时候从那里经过，被鬼仔埠的鬼魂吓得半死……”庄思潮心有余悸。那时他才12岁，哪里知道，那里有人夜里扮鬼作祟，勒索过路行人。

“鬼仔埠闹鬼风波传说多年，这么多年有哪个看见了鬼？那些扮鬼的贼人都被抓了，至今未听有闹鬼的传言啊！”庄华源不信鬼，他是赤砺老干部、老党员。

“不怕啦！看一看……”林楚洋胆子大，有科学头脑，他可是有学问的人，在新加坡读过研究生呢！

“好，去看看！”庄振强挥了挥手，“走！”

鬼仔埠在赤砺溪畔，溪岸有一大片竹林，阴风阵阵，很少有人敢进竹林砍竹子。上浦人迷信，怕破风水，惹鬼上门。因此，竹林疯长，密密麻麻，像一堵绿色竹墙。

竹林岸下是一个荒凉土坡，有许多坟墓，是个乱葬岗，坟墓重重叠叠，不知多少层，也不知多少年代岁月，无证可考。

鬼仔埠最高峰处，不过十余尺，长有三四里，宽有五六里地，荒草萋萋，阴风习习。鬼仔埠上的坟墓，有墓碑的，无墓碑的，密密麻麻。赤砺离山太远，许多人贪近，把死人埋在这里，年代久远，这里便成了乱葬岗。

“地方够大了吧！又无田主纠纷。”庄华源满意地说。

“我看要商量一下。”庄振强主张向镇里汇报。

……

翌日，陈聪平书记领着工作组和镇党委政府一干人马到了鬼仔埠看现场。

“哎哟！我当了那么多年书记未发现这个鬼仔埠啊！”

“陈书记啊！没事你来干什么？撞鬼啊！哈哈哈……”庄华源开玩笑说。

“无主土地，征用免去纠纷，只是这么多坟墓，有主吗？”陈聪平心有所疑虑了。

“我们在电视台发个公告，请坟墓主到镇政府登记吧，发给迁坟费用。”庄华源提议。

“这是个好办法，成立个征地机构吧！”陈聪平现场拍板了。

……

决定了，在鬼仔埠建个大工业园，由镇人民政府主办，银行提供贷款作建设资金，统一规格，规划街道马路，附建一个小商城。

鬼仔埠工业园开工了，这里人烟稀少，忌讳多多。四台推土机和几十名工人在这里开工，推土平地基。这几天恰好天阴，加上竹林的遮挡，这里真是阴风阵阵，乌黑乌黑的角落。

今天上午，工人们正在鬼仔埠上清理无主坟墓，忽听一声尖厉怪叫："嗡吱吱吱……"工人们停下了，四处张望，却无踪影。

"疑心生暗鬼，开工吧！"施工员喊道。有声无影，是听觉出问题，是心情紧张吗？

"吱吱笃笃笃……"阴暗的竹林里又传来阵阵怪叫声，有人看见了，几个白影在竹林中穿梭了一阵，不见了。

"鬼啊！鬼啊……"施工队伍中有人大叫，扔下工具跑了！

"吱吱吱。"又有几个白影在竹林缝中飘忽，一会儿又不见踪影。施工员胆子大，走近竹林想看看……

"咦咦咦……"又一阵怪叫声，却不见踪影。

施工员有些心虚了，慌忙下了溪岸，走回鬼仔埠……

"吱哒吱哒……"又一阵怪叫声，循声望去，只见几个白影出现了，举着白纸牌，消失了……

"鬼啊！真的啊！快走！"施工员领着工人们落荒而逃。

鬼仔埠停工了，静悄悄的，工人们四散回家了，他们都是外乡人。鬼仔埠上留下4台推土机，无声无息了。

派出所所长闻讯带人来到现场看虚实，只见鬼仔埠上静悄悄的，无风无浪。进了竹林，也是一片死寂，只见一支支粗壮的竹竿摇摆着，密麻的竹叶飘忽着。

“没有的事！”派出所所长回去汇报了。

庄振强通过朋友帮助，又从揭南县请来一个施工队。原先的施工队不敢来了，这个施工队不知真情，进场上了鬼仔埠。一天过去了，两天过去了，没有事情发生，平安无事啊！

“吱吱吱……”3天后的一个上午，阴暗的竹林里又传来阵阵尖叫怪声，工人们循声望去，不见踪影。

“哎，无事，”新施工队长挥手道，“干吧！没事。”这时他忽见一个白影在竹林中穿过。

“什么东西？”

众人望去。“有鬼！我听人说这个鬼仔埠常常闹鬼。”

“你怎么知道？”

“我在赤砺七村的亲戚说的。”

“怎么不早说？”

“我看在钱多的分上，人多又是白天，怕什么？”

“吱吱吱……”又一阵怪叫，几个白影在竹林中穿梭着。

“鬼鬼鬼……”胆小的人大叫着跑了，一会儿工人跑光了，推土机司机早已无了踪影。

……

镇政府听了汇报，书记跑到县里找陈聪平汇报，陈聪平找到公安局局长林乐欣商量。

“哪里有鬼？有人装神弄鬼啊！”林局长肯定地说。

“是，我也是这么想的。”

“捉鬼，我们也扮鬼……”林局长心生一计。

3天之后鬼仔埠又开工了，这会儿工人多了，有40多个青年工人。

一天过去了，两天、三天，“鬼”又来闹了。

“吱吱吱……”怪叫声一阵阵，白色身影穿来穿去。伏在竹林里的另几个白衣人跟着，静悄悄不动声色。只见有两个白鬼举着纸牌，纸牌上写着：“上了鬼仔埠断子绝孙！”

“哇！鬼写人字？”伏着的一个“鬼”小声说。有个白衣鬼穿过来，睡在地上，他认为都是鬼同行，全无禁忌地大声叫着。

“吱吱吱……”又一阵怪叫。这会儿睡在竹林中的另两伙白衣人突然站立起来，冲向鬼，“快快快……”

一会儿扑倒了6个白鬼，摘下面具，都是人啊！这时有人打了一声天枪，工地上几十个青年工人冲进竹林，围住那几个假鬼。

原来林局长安排了这场捉鬼戏。刑警队长带领几个刑警穿白衣扮鬼，埋伏在竹林密处，又从武警中队调40名战士扮成民工上鬼仔埠捉鬼。

白鬼们被捉进看守所，在审讯室中交代了雇他们扮鬼的幕后指使人。

庄应德，上浦八村人，40多岁，矮个子、有点驼背，却有一对大圆眼，三角脸。看守所里庄应德交代了：

“鬼仔埠本来是我家祖产，我父亲交代我要占着这块地。早年是我家老祖在这个土坡上开荒种树，一代代传承，后来有许多人在那里建坟墓，我们也没有计较，坟墓有魂。我们的祖先也埋在土坡上。后来不知什么原因，有一年打台风，台风过后，所有树木都枯死了。从此，那个山坡成了荒草坡。土地改革时，政府把有血债的土匪、恶霸、地主判死刑，都拉到鬼仔埠枪毙，从此鬼仔埠成了刑场，杀人刑场，无人管，无人问。我们家土改时被划为富农，属于四类分子，被管制。我们不敢乱动，更不敢捉鬼，鬼仔埠可是我们老祖先占的啊！”

“真是岂有此理，我国960万平方公里都是你们产权？”

“不、不、不敢。”

“你有何证据？”刑警队郭队长厉声地问道。

“没有，只是不甘心，你们在那里建了工业城，我们老祖的遗产就没了希望。”

“有什么希望？”局长问。

“我也想去国外找远房亲戚在鬼仔埠上帮我建制衣厂。”

“你不怕鬼？”

“哪有，鬼都是人扮的啊！”

“为什么叫鬼仔埠？”刑警队长问。

“那是土坡上太多坟头了，长年来传说那里有鬼，还有政府在那里枪毙犯人，人们便传说那里有鬼，传开了啊……”

“你雇了多少鬼？”局长问。

“两伙，头一伙干几天害怕了，我又雇了8个外省工人。每人一天工资1000元，出血本啊！”庄应德垂头丧气，“偷鸡不成蚀把米啊！”

……

庄应德雇人扮鬼破坏工业建设，被判了3年有期徒刑。

扮鬼的工人找了回来，行政拘留，法制教育。

鬼仔埠一场闹鬼风波平息了，然而在上浦人心里还是心惊惊的……

鬼仔埠工地顶住了破坏，灭掉了鬼影，开始轰轰烈烈大建工厂。不久在鬼仔埠一个工业园矗立于竹林之邻，溪岸之下。但愿鬼仔埠闹鬼风波随着时间的流逝，在人们心中的阴影渐渐消失吧！

“噼噼啪啪……”阵阵鞭炮声在鬼仔埠工业园上空响起来了。英歌舞舞得正欢，彩旗招展。鬼仔埠工业园建成典礼举行中……

“乡亲们，鬼仔埠没有鬼，不过这名不吉利，改个名吧！”

“请陈书记安个新名吧！”

“我看就叫赤砺第三工业园吧！”

……

从此鬼仔埠叫工业三园，但是民间依然叫鬼仔埠……

第十三章 神秘工厂

第三工业园（鬼仔埠）已然建成，国外侨商陆续回赤砺签约，筹备开业。华侨们三三两两进入工业园，不几天，第三工业园的厂房已经被人们认购光了，迟到的对不住了，十分遗憾。于是有几位侨商去了赤砺商会，要求征地建厂。然而赤砺上浦和下浦确实很难再有规模的工业园用地了。

“这样好不好？赤砺还有竹林村可以安排，你们是不是去看一看？我带你们去走一走。”庄华源轻轻地说。

“好好好……”侨商们异口同声。

“我想回故乡看一看，临走前老爸交代我要回故乡看看……”从南美洲某国回来的侨商黄海升站起来说。

“噢！你是……”庄振强问。

“我是本地梅岭村人，没有回来过，在国外出生，父亲早年出国谋生……”

“噢！梅岭？半山区啊！”庄振强说。

“那里风景好，藏在梅岭之中，依山傍水，后面是山岭，山岭长满杨梅树，是出名的杨梅之乡啊！”庄华源一一介绍。

“是吗？我想回去看看。”黄海升着急地说。

“那好！这样吧！你由振强带路，而我带其他先生去考察竹林村，兵分两路……”庄华源征求庄振强意见。

“也好，梅岭我去过，我去，黄先生你还有多少人？”

“无、无，只有我一个人。”

“那好，走！”庄振强果断地挥了挥手。

……

从赤砺上浦到梅岭有20多里路，只有一条崎岖不平的黄泥路，没有水泥公路，但是勉强可以行车，单向行车。一路走来，不见村庄，走到一个小山坡前。

“绕过山坡就到了。”庄振强指着眼前小山坡说。绕过小山坡，眼前一亮，只见有一条小山溪，流水潺潺。溪旁一片平地，平地上有五六排村屋，村屋后面是一座山，山坡上有大片杨梅树，密密麻麻，山风阵阵，拂面而过。

“那是什么？”黄海升指着远处半空飘着的黑烟。

“什么？”庄振强望去，“哇！还有烟囱，在那边山坡下啊！怎么有烟囱呢？”

于是他俩沿着山坡下一条黄泥便道，走了过去，大约走了两里地。一看，只见山坡下一排排工厂，每座工厂都有烟囱。

“哇！有十几间啊！什么时候这山内有工业园？我们完全不知情啊！”庄振强莫名其妙，一头雾水。

“走，进厂区看一看……”庄振强匆匆走在前头，进了厂区，“这是什么？”只见一股黑水从厂区里流出，流进山前小山溪。气味刺鼻。他急不可待走进第一间工厂，只见一捆捆棉纱正在加工染色，“什么？染布？”黄海升说。

“不是布是纱……”庄振强惊讶了。

工人们看见生人，四散了，一会儿走来两个保安，手臂上有红布圈。

“你们干什么？什么人？”领头的保安喝道。

“我是赤砺商会的，这位是华侨……”

“跑这里来干什么？”走前面的保安大声喝道。

“这是赤砺地界，我怎么不能来？”庄振强高声说。

“走！快走……”保安拿着大棍冲上前，推着他们两人。

吵闹声引来厂长。

“吵什么？”

“你……”庄振强一看，这不是妻子庄舜琴的弟弟庄楚松吗？

“楚松你……”

“姐夫，你跑来这里干什么？”庄楚松推开保安，“他是我姐夫。”保安一听散去了。

“你在这里开什么厂？”

“染纱啊！”

“染厂？”庄振强瞪大眼睛问。

“是啊，染纱厂。”

“谁批准的？”

“在这个山内办厂还要批？我们也是响应党的号召，改革开放办工业啊！”瘦个子庄楚松缩了缩尖鼻头说。

“这是严禁开办的污染工厂！你怎么……”

“姐夫，我们不在上浦，这是山区，你吼什么？上浦有多少工厂都没手续啊！”

“那，那……”

“那什么？快走吧！”

庄振强数了一下，14支烟囱，即有14座染厂藏在这里。

……

回到镇里，庄振强找到管工业的副镇长林泉汇报，林副镇长若无其事地说：“噢！我怎么不知道，无人来申报办手续啊！我查一下，你回去吧！”

庄振强发现，这个管工业的副镇长对染厂的问题怎么如此镇定，无动于衷呢？他心里不明白。

翌日县委副书记在商会和华侨们开座谈会，庄振强缺席了，他去了哪里呢？会长怎么可以缺席呢？

在庄振强的工厂办公室里，庄振强和妻子庄舜琴正吵得脸红耳赤。

“你知道他在梅岭办厂不告诉我？”庄振强怒气冲冲地问道。

“你吼什么？他办厂我知道，办厂有什么不好，赤砺这么多工厂不是都办了吗？”

“你知道他办什么厂？是染纱厂，染厂！”庄振强大声说。

“染厂也是厂，怎么就办不得？”

“染厂有污染，政府有规定……”

“那我管不着！”

“那是你亲弟弟啊！”

“我都嫁给你了，还管得了他？”

“你？”

“反正办厂赚钱……”

“你什么逻辑？”

“你自己找他去……”

“好好好……”庄振强甩手走了。

庄振强急了，他是商会会长，赤砺水管所所长，省人大代表，这事件他有很大责任。回到商会，他把发现梅岭办染厂的事向陈聪平做了汇报。

“调查一下多少间厂，什么人办的。”陈聪平冷静地又说，“把工业镇长找来。”一会儿管工业的副镇长来了。但是一问三不知。

“你必须调查处理……”陈聪平气愤地说。

“好好好！”副镇长应付道。

“这件事赤砺商会要介入调查。”陈聪平转过头对庄振强说。

……

调查出来了，14间染厂，办厂人其中有赤砺商会会长、水务所所长庄振强的小舅子，副县长朱月德的侄子、赤砺镇管工业的副镇长林泉的外甥郭山树，后台可硬了。

14间染厂的头头在镇小礼堂开会，工业镇长林泉被传去县里谈话，没有参加。

“我们都是有上报的啊！”有个厂主举手说。

“报哪里？”

“报给林镇长了啊！”

“还交了费啊！”有个肥头大耳的厂主举手说。

“交给谁？”庄华源问。

“镇长，林镇长啊！”

“交了两次，一次是交5万元，一次是红包6万元。”那个肥厂长说。

“都一样吗？”庄振强对众人问。

“都一样，有统一规定。”

“谁的规定？”

“不知道！”

“庄书记把财务叫来。”县委副书记这会儿才开口。会计来到会场答道：“没有收到这笔钱。”

“你们都交哪里了？”

“林副镇长啊！”老板们异口同声地说。那个肥厂长不甘地又说：

“我们是出了血的啊！”

“请镇纪委和派出所来人，逐个做调查笔录。”陈聪平严肃地说……

晚上，庄振强找到小舅子庄楚松，在他厂里办公室谈话。

“你必须带头关闭工厂！”

“凭什么？我投了一百多万元！”

“投一百多万？钱从哪里来？”

“姐姐……”庄楚松忽然刹住了，他说漏了嘴，这钱是姐姐给他的。庄振强马上叫人到家里把老婆找来。

“你给他钱办厂？”庄振强忍着性子问。

“我我……”

“我什么？”

“我从厂里调的资金……”

“你怎么……”

“这厂我也有份……”庄舜琴死鸡撑硬脚。

“钱不要说，先把厂关了，我是镇水务所所长，省人大代表，你们在害我……”庄振强震怒了，大声喝道。

“凭什么？我一天染一吨纱赚5万，一个月150万入袋，你要断我财路？你是所长、人大代表，还不能保我？”

庄振强愤愤地说：“那我不管，国家有政策……”

“政策还管到我们家！”庄舜琴不服地说。

“他们都看着我呢！”

“那、那、姐姐……”庄楚松求援的目光望向庄舜琴。

“我们离婚吧！离了婚就不连累你……”庄舜琴无奈地流着泪说。

“你疯了啊！为了你弟弟？”

“是，我们家也要有条财路，这财路不能断，老爸说了……”庄舜琴搬出父亲，想压住庄振强。她知道庄振强开始办厂时，她父亲帮忙四处筹集资金。

庄振强一听，更是怒从中生：

“拿你父亲镇我？”

“不是，是亲情！”庄舜琴不服气地说。

这边吵得不可开交。那边，县里纪委会议室，纪委书记正在责令赤砺镇副镇长林泉写交代书。赤砺梅岭污染厂事件报到了汕洋市委，汕洋市委派工作组进入赤砺，工作组以环保局为主，公安检察协同执法。

“再派消防队去拆厂！”市委书记命令道。

庄振强住在厂里，他心急如焚。庄楚松伙同副县长朱月德的侄儿朱三才、副镇长的外甥郭山树组织了几十名打手，手持棍棒护厂。一个个摩拳擦掌，他们仗着后台之强硬，要跟政府对着干了，无法无天。

突然一阵风似地，一大队消防战士、武警战士冲了进来，吓得那几十个护厂保安四处逃散，尿了一裤裆。

那个林泉副镇长交代了，他收了那14间染厂老板的钱，头一回66万元，第二回78万元，过年又收了52万元。

“但是这批钱不是我独吞啊！”他低着头不甘心地说。

“还给了谁？”陈聪平冷冷地问。

“我给了朱副县长三次钱。”

“多少？”纪委书记拍案而起。

“有七八十万吧。”林泉诺诺地说。

“究竟多少？”纪委书记愤怒了。

“有80万吧！分两次……”

“给市委汇报，叫他写下来……”

陈聪平气愤地转过身去，走了……

朱副县长进去了。林泉进去了。但他们怎么可能只收这笔钱？案件继续查着、查着……

庄振强和妻子因为染厂问题吵架，闹到已分居一个月了。他那个小舅子和染厂老板从拘留所放出来了，一个个捶胸顿足，经过15天的法制教育他们都知错了。

庄楚松和父亲亲自上门去劝庄舜琴。

“琴啊！确实是错了，我们不能带头犯法啊！”庄舜琴老父亲说。

“姐，不能离婚啊！你看两个小孩有多乖！”庄楚松摸着庄振强两个儿子的头说。

“是啊！有家有窝有儿子，你去劝回他吧！他也是半个政府人，有难处啊！”老父亲认真地说道。

庄舜琴回想起和庄振强这么多年的恩爱，共同拼搏，丈夫为人正直，勤劳聪明，她怎么舍得离婚呢？

于是，她到庄振强办公室，把临时床铺拆了，庄振强回家了，两人紧紧相拥，许久许久……

第十四章 扩建赤砺公路

赤砺镇的制衣工业一日千里，蓬勃发展，工厂林立，家庭作坊更是遍布，村貌日新月异，昔日的贫穷农业小镇，而今是闻名全国，乃至全世界，服装产品一直销到南美洲和非洲，真是订单如雪片，多不胜数。然而，配套极不相称，最突出的难题是公路交通，从赤砺镇去县城有30多公里，其中必须从赤砺镇出国道转汕洋市海港码头。而赤砺到国道15公里，却是一条小小泥土路，50年代修成的破旧公路，不仅崎岖不平，处处残缺，而且经常遭到台风大雨的冲击，被破坏得满目疮痍。这条公路沿路有三个镇的路段，三个镇各自为政，无人牵头出资维修扩建。其余两个镇并无开发工业，唯有公路尽头的赤砺镇工业在蓬勃发展。因此，这样的一条破土路，给赤砺工业带来很多困难：土路很小，遇有货柜车，只能单向行驶，对面来车必须找宽一点的路面停车避让；入原材料难，运产品去码头难，行路难，严重阻碍了赤砺工业的发展。因此，赤砺商会和厂主们多次去镇政府请求扩建公路。然而谈何容易，一是征地难，公路沿线有三个镇的田地，赤砺本镇无权征他镇土地；二是资金难，扩建这十五公里公路粗略估算要两千万元啊！厂主们有苦难言，镇政府压力很大。为此事，镇里的领导三番五次找其他两个镇的领导协商，但都无果而终。

“不行，找县委去……”庄振强骑着摩托车直飞县城。县委副书记陈聪平蹲点赤砺，庄振强直接找到了他。

那天下午，陈聪平带着庄振强直接到县公路局，商量扩建赤砺公路事宜。稍后接到电话的专管交通的副县长郭新隆也到了。在交通局会议室，一盘扩建公路的统筹计划在这里形成，翌日报县委常委讨论通过。

成立赤砺公路扩建指挥部，由县交通局主办，管交通的郭新隆副县长挂帅，指挥部成员有沿路三个镇的镇委书记、镇长、赤砺商会负责人。当即，郭新隆副县长召开了指挥部联席会议。然而有个大问题摆上了桌面：“资金”。县委决定“资金自筹”。根据公路设计部门设计预算，扩建成一条四车道水泥公路要2000万元，还不包括沿途征地费用。

“2000万！”庄振强一听，张开大口，心想请赤砺各厂分摊也无法筹齐啊！1000万都难啊！找银行贷款？不行，公路不许设卡收费，批准收费权在省里，小小一条乡镇公路是不能收费的，不收费哪有还贷能力？沿公路的其余两个镇是农业镇，更没有钱可筹。县委为难了，陈聪平为难了，庄振强为难了。

这一天在商会，庄振强和镇副书记庄华源商谈此事，忽然华侨老板庄思潮找上门来了：“把我的四辆货柜车堵在半路了……”他大喊大叫：“误了船期误了交货期我要赔偿……”

庄思潮急得脸红耳赤，站在庄华源面前吼道。

“我去看一下！”庄振强站立起来说。

“我也去……”庄华源说。

3人坐上两辆“鸡车”（三轮机动车），直奔堵车处。

“退车，退退退……”庄振强指挥着堵在货柜车对面的几辆本地货车，有个司机不听：“你算什么？叫他们让……”

“快退退退！”庄华源上前吼着。

静悄悄，对面那些车不动。忽听一阵警报声，原来临走前，庄振强给县交警大队打了电话，交警赶来了，一个个抄着车牌、扣分。司机们乖乖地退车，退到后面一个小土坡上，让前面的四辆大货柜车通过了……

当晚，庄思潮把庄华源和庄振强请到他的丰发宾馆三楼餐厅吃饭，吃饭中庄思潮感谢他俩的帮忙。

“这四个货柜急得要命，交货期在即，差点误了大事啊！”庄思潮激动地说。

“是啊！这样的小土公路害人啊！”

“扩大吧！”庄思潮说。

“是啊！扩大公路的提议县委已经批了，县交通局拉头，设计已出来，四车道水泥路……”庄华源滔滔不绝地说。

“那太好了啊！”庄思潮拍巴掌又说，“越快越好啊！”

“好是好，资金困难啊！”庄振强皱着眉头说。

“多少？”庄思潮问。

“要2000多万……”

“哗！2000多万。数目太大了……”

“我们正在为难啊！”

“政府来出钱？”庄思潮问。

“潮海本来就是一个穷县，只有赤砺发展了，其他镇还在种高产稻，工资都发不出，要去市里借。”庄华源冷冷地说。

“银行呢？贷款啊！”

“公路不许收费，没有还贷能力，银行不贷，哎！”庄振强长叹一声。

“我有一计……”庄思潮一副神秘的表情。

“什么妙计？”庄振强急问。

“捐啊！全镇工厂捐钱！”

“这方法我们议过了，粗略计算一下，全镇工厂尽最大力也只能捐几百万，都是些小厂啊！”

“是啊！厂小利润不高，捐不了多少……”庄华源皱着眉头说。

“这个么……”庄思潮搓着手，说道，“这样，你们派人，我带路到几个国家的华侨同乡会去募捐……”

“哇！好办法！”庄振强忽地站了起来，高兴地：“我们怎么没有想到呢？”

“好办法！我去，我去。”庄华源同样高兴道。

“好，请示镇党委、县委……”庄振强高兴地说。

“好，就去办……”庄华源拍了拍餐桌说。只见一桌饭菜尚未动，大事已定。

……

设计出来了，四车道水泥公路。

预算出来了，2860万元。

红线画出来了，征地开始了，交通局工作组进驻沿线三个镇。

赤砺镇不用去了，他们都自动献地，欢迎扩修公路。郭新隆副县长亲自带队下乡。沿路两个镇的村民看到赤砺农民发展工业富了、发了，一个个眼红。现在县政府到他们这里修公路，批准他们建厂，帮他们引资办厂，帮他们找侨商回乡办厂，这是致富之路，每个人都希望修一条发财路，从他们村头通过，何况还有征地费。因此征地还算顺利。征地工作组沿红线一直征到铜河镇双沟村，双沟村沿公路有16户农民的土地，他们都积极支持，还帮忙划地界。地界划到翁汉利的一块地卡住了。翁汉利这块地有一亩八分，翁汉利前几年忙于出外做小生意，早把这块地荒了。本来是荒草遍地，可如今变样了，征地工作组一看，荒草中都新种上柑树苗，上千株哩！工作组找到翁汉利商量，按规定计算征地费。

“那不可以，要赔偿果树费……”翁汉利指着刚种上的一片柑树苗说。

“这是你刚种的吧！”征地工作组组长说。

“那不管，是农作物就要计算……”

翁汉利心里打着小九九。

“要赔多少？”工作组长问。

“这里有3330株柑树，一株一年可收300多元哩，你计一下啊！”

“你栽得这么密，柑园哪能这么密……”工作组长质问。

“那不管。就这么个柑园，你们赔多少？”

“那得赔多少？”

“按照3300株计算，一株300元。”翁汉利狮子开大口。

“3300乘以300，将近100万啊！”工作组长“啊”了一声，张着大口。

“你……”

“不管，那有政策，青苗费、果树成本还要计算3年收利……”翁汉利振振有词。

“你这柑树什么时候种的？”

“久了。”

“哪里，刚种下的，你看！”一位工作组队员拔起一株柑苗。

“喂，你破坏……”

“种不上3天！”工作组队员指着柑苗说。

“那不管，现场是一片柑树……”翁汉利要赖了。双方在这块地上争持着。天啊！才种了3天的柑苗，要赔近百万，太可恶了。恰在这时有一辆摩托车开来了，停在路边，走下一个壮汉子，此人是村书记翁仲伟。

“喂！汉利啊！听说你回来了啊！怎么？征地？”村书记上前同征地工作队一个个握手问候。

“是，征到这块地，扩建公路。”工作队组长笑着说。

“我听说了，说你们正在征这块地，便前来看一看，什么问题？”村书记问，同时瞧见翁汉利一脸得意的样子。

“这是村的公地了，你们照政策办事，汉利啊，我们到处找不到你，听说你在外地发财了。我们早想通知你，这块地你的承包期已经过期3个月，怎么了？你还种上柑树，哼！那按合同规定，不归还要罚款的啊！”村书记的一席话令征地工作组顿时感觉阳光普照，而那翁汉利一脸青白。

“那我都种上了……”

“种上了？种多少罚多少！”村书记严肃地说。

“无赖……”征地工作队员说。

一头乌云散了，翁汉利偷鸡不成蚀把米，征地工作组成员被村书记请到村里吃便饭。

……

话分两头：庄华源在国外同乡会的帮助下，从众多华侨乡亲中募捐到公路款近6000万元。哇！众多华侨大力扶持家乡建设，特别是修桥补路，一个个慷慨解囊，8万、10万、几十万，甚至有人一次捐100多万。好哇，6000万，汇到赤砺公路指挥部专用账号上了。公路指挥部设在赤砺镇政府，镇委书记马强仁任总指挥。他把扩建赤砺公路的工程承包给了县城施工队包工头郑瑞财。郑瑞财是镇委书记马强仁的亲家，他认为包给亲戚熟人好控制工程进度……

果然，工程队进场了，分四个工段日夜施工。进度很快，不到半年时间，一条宽畅平坦的四车道水泥公路建成了，人们兴高采烈地在公路上跳呀、叫呀、笑呀！诚然，新公路将给赤砺工业发展带来新的飞跃。

工程结算了，在公路局办公室，工程费结算是5862万元，超过原预算3000万啊！“怎么搞的？”交通局长一头雾水，“超支一大半啊！”

超支问题汇报到了县委、县政府。县委副书记陈聪平拍案而起：“查、查、查，一定要查到底……”陈聪平震怒了。

“超支在什么地方？”

“每一项工程都超支过半，比如公路旁的树，一棵预算50元，结算是500元，路灯每支结算价是3000元，而每支预算仅500多元，诸如此类，结算大大超过预算……”公路局会计指着账册气愤地说。

“把包工头找来！清算！”县委书记感到事态严重。

“赤砺镇委书记呢？把他找来，这些开支都是他批的。”陈聪平命令纪委书记打电话请赤砺镇委书记马强仁到县里来……

马强仁到了县委，在会议上，他面无表情，摊开双手说：

“那我不清楚，施工队请款，我照合同、照分工责任批的，有错吗？”

“你是他亲家！”庄华源怒道。

“可我是镇委书记，公路总指挥……”

无奈了，没有证据证明马强仁有什么问题。

“把包工头找来，收容审查！”陈聪平下命令说。

“我们到处找他啊！找不到……”交通局局长说。

“跑了！早跑了啊！”庄华源叹了一口气说道。

“跑、跑到哪里去？”

“听说出国了……”交通局局长补充说。

“跑到天涯海角也要抓他回来，请公安局局长来。”

县委书记叫秘书去请公安局局长。公安局局长到了，县委书记当场拍板，全国通缉，请公安部协助在全世界通缉包工头郑瑞财。

对于赤砺镇镇党委书记有无违法问题，大家心中有数，但是没有证据，拿他没办法。汕洋市纪委也无法查处，只可撤销其镇委书记职务，留党察看两年，调去其他镇任职普通干部……

第十五章 火烧连营

赤砺镇的赤砺公路扩建修成了，赤砺制衣工业的交通瓶颈打通了，道路畅通无阻，一辆辆货柜车装着产品，飞向汕洋市货柜码头。从此，赤砺的制衣工业如鱼得水。海内外的订单不断，纷纷飞来，绣花纹的牛仔裤一直销到南美洲、非洲，早已走出东南亚各国了……

“哇！不好了，着火了，火、火……”有个工人冲进商会大喊大叫。

“什么？失火？”庄华源刚进门就听

见了。

“是那边工厂烧烧烧……”

“哪边？”

“七村那边制衣街。”工人说道。

“走……”庄华源急匆匆走向上浦七村加工文胸专业街，那里有18座简易工厂。

来到现场，七村内衣街上方浓烟滚滚，连成一片。

“不好！工厂失火了……”庄华源奔向现场。一片火海，已经烧了3间工厂，正在向第四间工厂蔓延，烈火冲天，路边围了许多群众，他急忙找工厂负责人，可是一个也找不到。

“厂长呢？庄应秋呢？”庄华源四处寻找着火工厂的其中一位厂长。

“报警去了……”有工人答道。许多见义勇为的工人和村民大胆冲进火海，救出一个个工人……

“呜呜呜……”警报声阵阵，消防车来了，县消防大队6辆消防车全来了。少顷汕洋市消防支队的4辆消防车随后而来。

“快快快，压下去……”消防大队长抓着水枪第一个冲进火海。

一辆消防车上都带有4吨水，消防队员们打开车上水龙头，加压，端起一支支水枪将水洒向火场。已经烧了4间工厂，大火向第五间厂蔓延了。

“截住火尾……”消防队长大吼道。

难啊！这里18间工厂，一间接一间相连着，没有消防通道。工厂全是砖木结构，厂内全是制衣的布料等易燃物品，好像火上加油。“水、水……”有个消防队员报告，车上的水快用完了。

“快接上自来水管……”队长下令。

“没有找到……”

消防队员四处寻找自来水龙头。

“这里没有自来水龙头，全村全镇都没有自来水，家家户户各自抽地下水……”庄华源告诉消防队长。

“呜呜呜……”汕洋市和邻县又开来8辆消防车支援，幸得有这8车水才把大火扑灭了。天空飘着一片白烟。

“快救工人！”消防队长命令道。一个个消防队员冲进厂中，救出一个个工人，工人大都是女工，伤情主要是呼吸道阻塞、缺氧。救护车来了，一辆、两辆、三辆，把伤员抬上救护车，送往医院抢救。

然而还有4人已经没了呼吸，而且全是女工。天啊！烧死4人，烧伤10多人，县领导、镇委书记、镇长一个个目瞪口呆，十分伤心，无可奈何。

上回检查安全已经通知这18间砖木工厂拆掉，改建成水泥钢筋工厂。而现在仍然是三合一工厂，车间仓库宿舍全合在一起，“哎……”庄华源长叹一声。

“我昨天还来通知他们停产改建，想不到……”庄振强很无奈，他是商会会长，发生这样的火灾，他十分痛心无奈。

“查！查清原因……”忽然一阵明亮的声音在围观的人群中响起。大伙望去。

“陈书记……”陈聪平闻讯赶来。“好好安置这4位烧死的女工家属！”

经核查，这4位在火灾中身亡的妇女全是庄应秋工厂的，是首座着火的工厂，她们都是附近的惠丰县人。

“工厂要负责，镇政府要承担责任……”陈聪平无奈地又说，“派人到她们家慰问安抚。”

善后工作组由庄华源和商会一起组成，庄华源任组长。认尸现场场面令人伤心不已，一个个死者家属哭得呼天叫地。只见一对老夫妇伏在一个女尸身上号哭不已。庄振强扶起老人，请他们到商会坐下，声声安慰。

“我们家海花死得惨啊！一家人全靠她啊！”老妇人哭泣着。

庄振强十分心酸，这一家人的生活一定很困难……

翌日，县镇商会慰问团来到惠丰县，到了火灾中遇难者的家里，一家家安慰，送上慰问金。厂长给他们送上伤亡补助金。

庄华源和庄振强一行来到海花家，再次见到那天在商会大悲大哭的两位老人。庄振强进门一看：家无余物，十分清贫，一个瘸腿男人扶着木棍迎上前。

“你是……”

庄振强扶住了他问。

“我是海花的丈夫……”

“你的脚……”庄华源问。

“车祸撞断了，无法做工，全靠阿花……”汉子泣不成声。正说间，从门外走进一个小女孩，看样子不足10岁。

“爸爸……”小女孩扑在奶奶身上抽泣着。看着这一家老、少、残，振强的心十分难受。而今那个阿花死了，这一家人，老的老，小的小，残的残，怎么活啊！怎么办？庄振强这个硬汉子为之流泪了。

“你可以走动吗？”庄振强问那瘸腿的汉子。

“我有根棍可以行走……”刘海花的丈夫陈可德答道。

“你到我厂里门房搞收发可以吗？”庄振强拉着陈可德说。

“你要招我去你们厂？行吗？”陈可德眨着细小的眼睛，不大相信自己的耳朵。

“是啊！做门房不用走动，在门房里看电话传达一下，你可以做到。”庄振强肯定地说。

“能、能、能……”陈可德喜出望外。

“读过书吗？”

“读过。初中毕业。”

“那好，等一下坐我的车一起走，”接着他转向两位老人说，“可德出去工作了，这家就靠两老啦。”

“好好好，你是菩萨救苦救难……”老太太要下跪，庄华源、庄振强忙上前扶着。

……

一个星期后，失火原因查清了，原来那天中午吃饭时，电焊工人申坤仁走时，忘记拔下电焊枪的插头，电焊铁一直烧着。制作文胸车间的桌面、桌下、地上全是布料，全是易燃物品。午饭吃了一个多小时，那电焊铁烧着了桌面布料零部件，燃起来了，着火了，工人还未回来。三楼有十几位上夜班的女工还在睡梦中。终于酿成大火、大祸……

起火的工厂厂主庄应秋被抓了。造成火灾的申坤仁被抓了。

这个七村服装街还有13间工厂未曾遭灾。

“拆……全部强拆，他们去哪里办厂，再安排。”镇党委下了通牒，这18座砖木结构的三合一工厂全拆了，拆成一片空地，不，是一片伤心地……

听闻赤砺有个工业区发生大火灾，庄思潮十分紧张，烧到什么地方了啊？他急匆匆地回到国内，回到赤砺镇四处打探，他庆幸不是他那个厂区，远着哩！

这一天，庄思潮到了商会喝工夫茶，谈起那新扩建的公路：

“幸得有这么一条大公路，我的货柜依时到达国外交货，以前啊总过期，让人罚款……”庄思潮兴头一来，滔滔不绝。

“是啊！大家都说路通财通嘛！”庄振强边冲工夫茶边说。

“不过也有不足之处。”庄思潮“人心不足”了。

“还有什么不足？”庄华源问。

“路上无人管理，有交通事故也会堵车啊！在国外每段公路都有路警……”庄思潮滔滔不绝。

“对对对，要向县公安局反映一下！”庄华源喝着工夫茶说道。

“对！老华，这件事你要办好！”庄振强指向庄华源说道。

“我告诉你们一个秘密……”庄思潮神秘的表情。

“什么秘密？”庄振强着急了。

“你们猜，我在AB国看见谁了？”庄思潮神秘地说。

“谁？”

“修建这公路的郑工头，郑老板啊！他也出国了……”庄思潮说。

“你是说包修赤砺公路的那个老郑包工头……”庄华源眼睛一亮。

“你看清了？”庄振强认真地问。

“看清了，那个包工头修公路时包了丰发宾馆五楼半层楼哩，碰见都有打招呼。”庄思潮肯定地说。

“哪里住？”庄华源急问。

“不知道住址，那天在××街的酒楼看见了他，我正要上去打招呼时，他装不认识，转身走了。”庄思潮肯定地说。

“报告县公安局……”庄振强一挥手说。

“好，即刻上县公安局，庄老板可以和我走一趟吗？”庄华源问。

“可以，都是自己乡里的事嘛！”

……

第十六章 法网恢恢

火烧制衣街的事件，在赤砺甚至潮海县、汕洋市都引起了轰动，引发了各级领导和厂主们的深思，对悲剧的深思。因此，市县镇三级政府以赤砺火灾大事件为教训，在全市所有工厂中，进行大检查大整改。赤砺镇是整改的重点，由县政府、消防队派人到赤砺镇政府和商会，共同组成整改工作组，对全镇的工厂进行全面大清查，主要目标是“三合厂”。

经过一个多月的清查，整改工作组查出

了分布在大街小巷角落里，见缝插针而建的小工厂28家，这些小厂都未经办理证照手续，未经办报建，全是砖木结构的简易小厂，三合厂，存在严重的灾害隐患。

“拆！”县公安局林乐欣下了死命令。消防队执行，成立了强制拆厂工作队，清拆这28座三合小厂，引起了一场风波，几个顽固厂主，拒不执行，被行政拘留，处罚力度震慑了那些只想赚钱不顾他人死活的老板。这批三合小厂大都安排进工业园，也有到邻近小村另寻出路的，赤砺终于消除了“三合厂”的安全隐患……

郑瑞财被抓回家了。庄思潮的信息起了关键作用，县公安局把此信息上报公安部，公安部通过国际刑警的帮助，从境外查到了郑瑞财隐藏在某国一橡胶庄园。公安部门从边境接过了郑瑞财，直送潮海县公安局。

在公安局看守所审讯室里，郑瑞财若无其事，他与公安局预审员和县纪委书记面对面坐着，镇定地说：

“我犯什么罪？你们凭什么抓我……”郑瑞财一副无所谓的样子。

“你无罪？怪了，你未经办理出国手续，潜逃国外，算不算犯罪？”警察冷冷地问。

“那也不至于坐牢啊？”郑瑞财硬撑。

“偷渡出境，此违法之一，诈骗钱财罪……”

“我哪里诈骗钱财了，有何证据？”郑瑞财顽抗着。

“证据吗？太多了，看，这是一张假发票，从你的结算工程档案中拿到的，有你签名……”县纪委书记亮出一张发票给郑瑞财看，“你可看清了。”

“哦，什么发票？那都结清了账的啊！”郑瑞财理由多多，“上面有镇委领导签名啊！”

“有有有，这是一张张购买公路树苗的发票，每株500元是吗？”纪委书记站起来问。

“对啊！那是林场开的发票啊！”郑瑞财低着头说。

“林场发票是吧？你看，这是林场开发票的存根联，每株树苗出售价是15元，看看吧！”纪委书记把发票存根复印件递到郑瑞财面前，“上面购货人是你的姓名和赤砺公路名称啊！”

“是笔误吧！”

“笔误？林场每株树苗15元，你用假发票结算，每株500元，这算什么行为？”民警问。

“填错吧！”郑瑞财盘了个二郎腿。

“把脚放下来！”民警喝道。

“那、那、那也小意思嘛！”郑瑞财老奸巨猾。

“小意思？预算2800万，你却结算5600多万，小意思？”纪委书记气愤地说道。

“哎呀！工程预结算有差距很正常，现场施工难免遇到预算中没有的项目啊！”郑瑞财胸有成竹地说。

“有吗？”纪委书记问。

“那么这一项呢？公路路灯，进价多少？”纪委书记又问。

“有单据嘛！”

“假的！”警察拍案而起。

“是啊！全是假发票，工厂卖给你是每支路灯500元，这是工厂的发票存根。你那结算单是每支5000元，10倍啊！郑瑞财你真是人心不足蛇吞象……”

“哪有……”

“看看，工厂发票存根和你的结算发票。”纪委书记把证据摆在他面前。

“那那那都是开票出了差错，有镇委书记签名啊！”

“哼！是啊！结算单据都有书记签名，书记是你的亲家啊！”纪委书记捅破了这层纸。

“你要认真对待政府政策，把问题讲清楚，我们要重新验收结算……”纪委书记大声说道。

“那也不怕，有路面在……”郑瑞财死猪不怕开水烫！不见棺材不流泪啊！

“有啊！路宽20公尺，你结算是宽35公尺，处处加大工程量，加大材料用量。告诉你，铁证如山，你骗了几千万，要判重刑的！”民警冷冷地说。

郑瑞财低下头，无语，许久不动声色。他在思考权衡得失啊！“我直说了，要倒下一片，害了亲家啊！”他越想越难，额头上布满汗珠儿。

“所有证据都是铁证，你想想自己的命吧……”审讯民警好言相劝。

……

经过一天的较量，郑瑞财在铁证面前低下头交代了……

“我……我在各项附设工程上都加一倍计价结算。水泥钢筋也加了一倍数量结算，我想埋在地下的水泥钢筋是查不出的。工程结算，我总的多结了2000多万吧！具体是多结多少，我无法讲得明白……”郑瑞财断断续续地交代。

“这好办，我们会和你重新验收结算的。你考虑如何退赃？”纪委书记命令的口气说。

“退退退钱……”说到退钱，郑瑞财慌了，“我哪有这么多钱？”

“钱哪里去了？存在哪里？”民警问。

“我哪还有这么多钱啊！钱都花光了啊！”郑瑞财死顶。

“存款呢？”纪委书记问。

“没有多少存款，我就在汕洋市建了座别墅。”

“别墅？在哪里？”

“在汕洋市新开发区……”

“空着吗？”

“不！我借给亲家住了……”

“亲家？哪个？”

“赤砺啊！”

“赤砺哪一位？”

“公路指挥那一位啊！”

“什么？是他……”

赤砺扩建公路工程结算出了很大的问题，县委指示县纪委、县公路局、赤砺公路指挥部和出资的商会组成查账工作组。

一大堆账册，一大堆结算资料，一大堆票据。还要去出售材料的单位核对单据，调查取证。

清账办公室设在赤砺商会。庄振强要管工厂事务，还有镇的水务工作，所以他只挂名，不参加具体核查清算。

庄华源具体负责组织清账工作，因为太复杂，太多项目了，有些项目还是要郑瑞财和他原来工程队的财务参加核算。

一个月的复核结算，算出了赤砺公路扩建工程多结算2782万元，这么一大笔钱让郑瑞财独吞了吗？

“不是的，我自己也就得300多万啊！”

“那些钱呢？”纪委书记问。

“我我我……”郑瑞财欲言又止，脸色铁青，吞吞吐吐。

“你不说是吗？那么退赃吧！”纪委书记严肃地说。

“我、我、我哪有这么多钱啊！”郑瑞财害怕了。

“钱往何处去？”

“抄家！”公安局林局长下令道。

“我说，我说，我分8次给了镇委书记共有370万吧！郭副县长有280万，公路局长110万，赤砺工业镇长80万。”

一大串名单，一大串贪官被揪出来，落入了法网……

县委把案情上报市委，市委报省纪委，省纪委指示：严厉查办，决不姑息，退赃，赔偿损失……各级党委纪委都做了明确批复指示。

一条赤砺公路连上一串贪官，一个包工头把一串贪官送进了监狱……

第十七章 祸起超市

赤砺镇原管工业的副镇长因在扩建公路中受贿被抓了进去，被追究刑事责任。近日，调入一位管工业的副镇长，名叫马耀武。马耀武一上任便兴高采烈。过去他在一个贫穷农业镇任副镇长，那个农业镇没有什么工业，死气沉沉，他没有什么额外收入，一身清贫。而今调到制衣工业热火朝天的赤砺，他估摸着“钱”途大好，心想自己管工业，全镇这么多工厂，不无关系往来，照乡俗，红包是少不了的了，他暗自欢喜。

一天，有人找上门了，此人是他的堂弟马志强。马志强早年外出经商做生意，多年未见，甫一见面格外热情。在马副镇长房间里工夫茶一巡又一巡，越谈越欢，茶过三巡，马志强从挎包里摸出一个大红包，塞给堂兄马耀武。马副镇长推托了几下收了。

“大哥，我想在赤砺投资。”马志强表明来意，他早已看到赤砺大有商机。

“你想到赤砺投资办厂？”马耀武早知这个堂弟是炒买炒卖的高手，怎么会投资办厂呢？

“你办什么厂？”

“我不办工厂，我想在赤砺上浦村中心办一间超市，这么大的工业镇没有超市，不配套啊！”

“超市？这事我们没想过，赤砺还真没有超市。”

“哈哈哈！大哥，我投资……”马志强拍着肥肚腩，笑得圆圆的脸上两腮肥肉颤抖着，两只细小的眼睛笑成缝儿。

“这个嘛！这上浦可能找不到地皮了……”马副镇长有点为难了。

“哎！你是副镇长，专管工商业，还找不到3000多平方米地皮？”

“不是啊！老弟，赤砺工厂见缝插针，我带你去看一看吧！”

“好！我也想看看。”

于是，矮个子副镇长在前，领着肥佬堂弟出门去寻找地皮了。

“哎呀！真是工厂林立，好像森林啊！”马志强感叹道。他被众多工厂弄得眼花缭乱，处处排列着工厂，真是难有一块空地啊！他俩走过一村又一村，走到七村，忽然眼前一亮。

“怪了，这里有一片空地闲着哩！”马副镇长发现新大陆似的。他们走上前去细看，是有一片空地，地上黑糊一片。

“噢，我明白了，这是那次火烧工厂的地皮，火灾过后，工厂拆走了，留下这空地……”马副镇长打起了这块空地算盘。

“哇，好好好，这里是居民中心，有几千平方米啊！”马志强拍着巴掌，“真是踏破铁鞋无觅处，得来全不费工夫……”马志强笑得露出满口金牙。

“怎么？合适？”马耀武问。

“合、合、合、太合了，就这里。我出资建一座五层楼超市，赤砺第一超市。”

“那好！回镇里签合同落定，你请人实地丈量，出设计图纸……”马副镇长利用自己的专权，现场拍板。也是，这才能报答堂弟那个两万元的大红包哩。

……

镇政府下了红头文件给上浦乡，给七村村委，给商会，手续都到位了。

七村这块空地忽然热闹起来，测量队在那里测量着。围观的村民一群又一群，听说赤砺上浦要开第一间大超市，新鲜哩，一传十，十传百，传播着这新鲜事……

这一天中午，忽地冲来几十个大汉，手持棍棒，冲进工地，抢去测量仪器。测量队见状落荒而逃，不敢回头望。

同时，约有几百人冲向镇政府贴大字报，贴对联，贴标语。上面都写着：“不准抢占我们村土地……”

原来这几百人都是七村居民，那块空地的主人。自从火灾之后，原来的工厂都搬走了，那块宝地成了一块空地，荒草萋萋。

村民们多次申请在那里办服装厂，镇政府都不批。时间久了，七村村民窝了一肚火，而今要来办什么超市，恰似一根火苗，点燃了村民们心中怒火，一触则发。

七村人口众多，男女老少都跑到镇政府去静坐抗议，镇长溜了，那个经办的副镇长也不见了踪影。镇委书记把副书记庄华源推到台前，到现场与静坐村民对话。

“不行，不听，不听，不得开超市，不得夺占我们的土地……”有人大吼，众人“哇哇哇”地附和着。

庄华源没了法子，走去请示书记，要求书记表态撤销在那里建超市的决定，收回文件。

商会会长庄振强走进人群中劝说着，劝大家散去，有话好说。

“你们商会有权吗？”有人问庄振强。

“有有有，我去找书记找县委领导……”庄振强压着火气。

“大家静一静……”忽然庄华源和镇委书记出来了。镇党委书记宣布停建超市。

“我们要办工厂……”有人嚷嚷着。

“这个要同商会协商……”庄华源高声道。

“你们村书记和村长呢？”庄振强四处寻问，在静坐人群外面，找到那几个村干部，庄华源也走了过去。

“你们叫村民解散，派代表到商会协商……”庄华源交代七村支部书记。

“好，我们谈，大家散了，超市不建了。”村支书走进静坐人群，挥了挥手大声喊着。

……

这天，七村党支部书记和村长，领着村民选出的5位代表来到商会。庄华源、庄振强冲好工夫茶在等他们。只见谈判代表中有一位赤砺上浦中学的老师庄应辉。

“噢！阿辉老师来了……”庄华源拉着庄老师的手。

“村民都选我，其实……”庄老师谦卑地说。

“庄老师也是我们七村人，有文化，谈判要有文化人啊！”村支书笑眯眯地说。

“我还只是个老师嘛！”庄老师诺诺地说。

“我们先谈吧！”庄振强招呼大家喝工夫茶。

“你们学校还行吗？”庄华源问。

“不大好，太拥挤了，我们的课室占了上浦植明学校一半面积，一个班挤着七八十个学生，教育局规定每班不得超过50位学生，可我们没法子啊！小学那边一个班挤着80多人呢！外来工多，他们的子女无法入学啊！”庄老师摊开双手，无奈地说。

“那那那难为了校长啊！校长也是我们七村人啊！”村主任叹道。

“这是一个问题啊！”庄华源感到问题严重。

“我看见了，有许多小孩进不了学校！”庄振强边冲工夫茶边说。

今天本来谈的问题是七村要申办工厂，却扯到了上浦学校的困难。

“你们怎么不派庄校长做代表？”庄华源问。

“选了他啊！他说太忙，走不开。”村支书忙答道。

“我看办学胜于办厂，培养下一代重要，同时也要稳定外来工啊！”庄振强突然想到问题的严重性。

“我们是来谈办厂的，怎么净扯学校的事？”有一位村代表不满地说。

“办厂吗？还得去现场看看地皮，环境啊！”

“好，到现场开现场会……”村支书附和着……

“走！”庄华源头一个出了门。

……

谈判组一行7人，走向七村。一路上看着林立的工厂，途经了上浦学校。

“哇！这不是上浦植明学校吗？”庄华源问。

“是啊！书记，你官僚啊！”庄振强打趣说。

“顺路参观参观。”庄华源说。

“好好好，无任欢迎……”庄老师拍掌说。

学校分成两半，操场东边有5间课室是初中级，西边有7间课室是小学。学生们正在上课，校长迎了上前。

“哎呀啊！贵客贵客……”庄校长忙说。

“我们这里中学几百名学生都挤在一起，你们看操场都建了临时课室了。”庄校长指着操场上那排简易课室。下课了一群群学生拥出来了，黑压压一大片啊！庄华源、庄振强、村支书看呆了，代表们惊呆了。

“哇，这么多学生啊！”有一位村代表惊叹道。

“不得了，不得了，这是我们的后代啊！”又一位代表感叹道。

“来来来，到我那里喝茶。”校长把他们请到教务处，教务处也是在操场搭的一间简易棚子。

校长冲工夫茶：“关公巡城”。

“我们这是中小结合啊！全国第一间！”校长继续说，

“中学生800多，小学1000多，混合在一起，比上浦工厂还热闹哩。”

“这书怎么教得下去啊！”有一位代表无限感叹着。

“代表兄弟，现场就不去了，你们看这学校的难处，太难了，我们下一代子孙啊！”村支书轻轻地说。

……

一阵沉寂，忽然有两位代表不约而同地站起来说：

“我们不去看工地了，不办厂了……”

“对！在那里建座学校，大大的学校……”村主任也站起来说。

“征地费也免了吧！”村支书补充道。

“同意！”

“同意！”

“积公德……”

几位代表都表态了。

“我们回去做村民工作……”村书记忙说。

“大家都去发动群众支持，在我们村建一座大大的学校。”村主任说。

“建校资金哪里有？我们学校可是清水衙门啊！”校长摊开双手说。

“不用啊！我们去发动工厂老板捐献……”庄华源提议。

“不困难，我们修公路那盘账中还有一笔存款，加上贪官们退赃，有3000多万元。”庄振强提醒道。

“是啊！我怎么忘了，那笔捐款还有多少？”庄华源问庄振强。

“还有1200多万在商会账上存着。”

“那些退赃款在县里，我去追……”庄华源自告奋勇。

……

真是坏事变好事，那块火烧工厂地成了宝地，四处有人抢着要。上浦学校的现状触动了村民。全村一致通过，建一座新型大校舍，这是七村的荣耀，七村的希望啊！

报告批下来了，动土了，进度很快，上浦中学新校舍楼有8层楼，80多间课室，还有电脑室，操场，一座新型中学呈现在村民面前。

学校建成典礼那天，鞭炮不停，彩旗招展，人头拥拥，七村村民老老少少都来了，学生们来了，镇政府干部来了，县教育局局长来了，庄振强却混在人群中看热闹。

“潮海赤砺上浦中学”长牌子托上来了，县教育局关局长、镇委书记、商会会长上前挂牌。

鞭炮响起了，却不见了庄振强身影，他悄悄地回到自己工厂去了……

一座现代中学校舍矗立起来了，矗立在村民心中，矗立在孩子们欢声笑脸上……

第十八章 平地起风波

事物的发展进步，总在矛盾的斗争中前进，阵阵巨浪推着巨轮向前，这是事物发展的规律。赤砺镇的制衣工业便是在阵阵浪涛中发展起来，并逐步走向高潮的。近日赤砺的老板们正在庆幸风平浪静，制衣生产又一峰高潮而至，却忽然起了一阵风波，牛圩那边出事了，打群架了……

“牛圩”原是赤砺镇一个买卖耕牛集市，地处上浦东北角的一块空地，昔日以农业为主的乡镇，自然少不了耕牛，耕牛常常有交易。因此，上百年来在赤砺上浦，自发开了一个牛市，慢慢地形成了四乡八里的牛圩，交换耕牛的市场。而今赤砺上浦已经没有田地耕种，也就不用耕牛了，牛圩也随之渐渐衰落，无牛到集市交易了，“牛圩”便成了一块闲置之荒地，长着荒草。因为它位于寨角边沿，渐渐地被乡里人淡忘了。可是这几天有人发现这块空地，视之为珍宝，进行了操弄。于是在牛圩入口处忽然有人挂起一幅横幅：“欢迎投资办厂”，落款是赤砺上浦八村村委。八村，上浦最角落的一个小村，800多农户，2000多人口。原来，八村村委支部书记和村主任考察了这块“宝地”，尽管已经荒芜，冷落在村外围角落，但是在上浦全乡再也找不到田地办工厂的时候，这块宝地还是很有价值的。

“牛圩”一头是八村，一头跨着七村。先到先得，反正也不用什么手续，无主之地，如同捡到宝。八村村干部们想在这里办厂，却苦于没有资金，八村的华侨少，也没有大老板，大都是打工的人。因此在牛圩挂上招商横额。殊不知，七村有人路过发现了这招商横额，横额下还摆着两张桌子，坐着两个八村的村民。八村的举动引起七村的不满，这是一块公地，八村有什么权力独占？这牛圩跨着两个村，在七村与八村中间。七村村民这时才发现牛圩是一块宝地，却让八村先下手抢去了。

“不行，不行……” 七村村民们抗议着，几十个村民冲到牛圩，拆下招商横额，赶走八村招商的人。八村那两个村民回去报告了村委干部，还在村里大肆煽动，“七村砸了招商招牌，打走我们……”

一番煽动，不明真相的村民被激怒了，大叫大喊，要去找七村讲理。于是聚集了100多人，在村支书和主任带领下，直奔牛圩，还有人手持棍棒锄头，冲进牛圩。忽然牛圩那边角落有四五个人拿着木棍棒守着，那是七村村民，七村人马冲了上去讲理，但八村人多势众，驱赶走了七村的村民。

七村的村民眼见对方人多势众，气势汹汹，落荒而逃。八村见状，胜利了，村委派5个保安守在牛圩上。

“哇哇哇，打他，打打打……”忽然冲来一大群人，一个个手持棍棒。这可是七村村民啊！大约有几百人。八村的人一看形势不好，有人即刻回村报信。只一会儿，从八村又冲出几百个吼叫的人，一个个手持棍棒锄头，冲到七村人群面前。

“为什么强拆我们的横额，抢牛圩？”八村主任站出来喝问。

“牛圩是你们的吗？”七村有个村民站出来问。

“牛圩本无主，先占为主……”八村有个保安大声喊道。

“牛圩在我们村地界上……”七村会计说。

“牛圩在我们地界上……”八村的人说。

“在我们地界……”

“不不不！在我们地界……”

大家都鼓噪着，紧接着在人群中有人互相推搡，动手了……

“打、打……”八村有人大声鼓动。

“打就打……”七村呼应着。

两村人群混在一起，动手了，打起来了。忽然场外陆续赶来一拨又一拨的村民，有一村、二村、三村、四村……各村村民闻讯赶来了，有看热闹的，有劝架的。

“牛圩自古是上浦公有圩市，我们都有份……”一村村民说。

“是啊！牛圩自古是全乡里的，你们……”

“对对对！我们有份……”

“我们也有……”

“我们……”各村村民七嘴八舌地争吵着。各村村民互不相让，扭打着，扭打着……

忽然走进七八个民警，赤砺派出所闻讯赶来了，后面有镇委书记、镇长、商会会长，紧接着一队武警冲进人群，隔开打架的村民。

县委陈聪平副书记闻讯赶来，挤进打架人群中间，大声喝道：“放下棍棒，有话好说。”

“七村砸我们招牌……”

“八村强占公地……”

“牛圩是公地，全上浦的公地……”

“先到先得啊！”八村的人大喊道。

“你们有何契证，证明牛圩是你们村的？”陈聪平问那个大喊大叫的村民。

“牛圩不是田地，无主之地……”

“全乡，上浦全乡的公地……”人群中有人大喊道。

“你们退不退？”陈聪平喝退八村打架的人。

“不退不走，这地是我们的……”又有几个村民围了上来，围在陈聪平身边，恶狠狠地说道。

民警走过来，隔开他们，护着陈聪平。

“这是我们县委陈副书记……”派出所所长大声说。

“副书记又怎么样？不帮我们，不公道，赶走他……”八村群众中有个人跳起来大叫。派出所所长走近一看此人。

“你不是上个月才释放的吗？干啥，行凶？重犯？”派出所所长严厉的口吻。

“我我我……”这个大声煽动的劳改释放犯害怕了，退缩了，他想搅浑牛圩这滩水。在远处角落里，八村党支书、村主任站在人群后面看热闹。

“七村书记呢？”陈聪平四处张望，静悄悄地，没人回应。

“没有来……”七村人群中有人大声说。

“八村党支书、村主任呢？”陈聪平又去寻找八村干部。

……

一片寂静，忽然，角落里那几个八村村干部弯着腰回头要走……

“书记、书记……”八村有个村民大叫道，“在后面哩，是村委叫我们来的啊！”这个村民是老实人讲老实话。

镇委书记和副书记挤出人群，把八村那几个要走的干部拥到陈聪平面前。

“你是八村书记？”陈聪平问那个矮个子小眼睛的人。

“是是是。”矮仔诺诺地说。

“你带队？”

“不、不、不，是他们自发……”

“干什么？”

“他们七村的人见我们招商，赶我们的人，抢地……”八村党支书壮着胆子。

“牛圩这块地是你们村的？”陈聪平冷冷地问道。

“在我们村地界……”村主任好像理直气壮。

“我们都有份……”

“我们都有……”

“我们也有……”

“牛圩自古是赤砺牛圩，上浦公地，一百几十年了，你们不知道？”镇党委庄华源在本乡土生土长，他讲了“牛圩”历史。

“谁先占归谁……”八村人群还是有人喊道。

“如果国家在这里建个大工厂，你们占了，也是你们的啊？”陈聪平问那个村民。

“……”那个村民无语。

“先到先得，我们村书记说的。”八村有个不知情的村民无意中说漏了嘴，气得那八村书记瞪着他。

“八村书记，请问你有何地契？”

庄振强不知什么时候挤进了人群，他问那八村书记。

“我我……”八村书记无言以对。

“孬做强盗啊！”庄思潮不知什么时候混进人群。在他身后有几个华侨老板、工厂厂主。他们听了打群架消息，也过来看热闹。那位派出所所长四处观察，寻找煽动起祸端的人。他们不能当场抓人，怕再起风波。

“散场后再行动，不能姑息……”陈聪平书记在派出所所长耳边耳语道。

“散了、散了……”庄华源指挥人群散去。偷鸡不成蚀把米，八村的人把棍棒举上肩头，灰溜溜地走了，八村书记和几个村干部要走。

“慢，书记请你到镇里喝工夫茶……”镇委书记捉住八村那个矮仔支书……

镇长上前拉着八村主任：“一起走！”派出所和几个民警上

前推着八村党支书和村主任走出人群，走向镇政府大院。

“那边有个山坡！”庄思潮忽然指着牛圩东边不远处的一块长方形山坡……

“阳桃园啊！”庄振强上前说，“阳桃园上有许多野生阳桃树，那阳桃太酸了，没什么人去摘，长年没人打理，荒了啊！”

“陈书记，去看看吧！”庄思潮说。

人群散尽了，陈聪平、庄华源、庄振强、庄思潮领着十几位侨商、厂长们爬上了阳桃园。

阳桃园有很多野生阳桃树，参差不齐，胡乱生长着，十分茂盛，遍地青草……“好地方，好风景……”庄思潮拍掌说。

“好、好风景，野生地啊！想不到镇里有这么一块好果园……”有位华侨赞叹说。

“可以利用啊！”有个在赤砺办厂的侨商说。

“利用？”

“对，利用这块绿树园，改建成一个阳桃公园，铺几条小石路，周围栏封。阳桃公园坡下那个牛圩搞个戏院，这里成为游人休闲娱乐的场地，赤砺全是工厂，没有娱乐场所啊！”这个侨商在国外办旅游公司，眼光远大，“可以吸引许多华侨来旅游啊！”

“噢！好办法，好主意……”陈聪平连连称道。

“我们怎么没有想到呢？”庄振强摸着头说。

“可是资金……”庄华源不无担心地说。

“我们在国外同乡会募捐……”那个出主意的侨商说，“阿思潮兄行头嘛！”他说着把目光望向庄思潮。

“好好好，我们都来为家乡办件善事……”庄思潮赞同地说。

“你们谁个牵头组织？”陈聪平问。

“自然是商会啊！”庄华源说。

“不行，我们是经商商人，没有执法权，还是镇政府牵头吧。”庄振强答道。

“这也有道理，我看啊！为了避免各村争地矛盾，由镇政府召开一个各村代表座谈会，商议一下，达成共同协议。另外县政府宣传部派人参加筹备……”县委副书记明确了方向。

“要成立一个机构吧！”庄思潮提议，他生怕无人主管，又会引起群体纠纷事件。

“由县里派公安、宣传部、文化部、镇政府、商会、各村代表，赤砺侨商代表，组成一个合作权威机构。”陈聪平建议。

“县政府要下个文件，我们商会也参加募捐资金。”

“七村也参加？”庄华源问。

“选代表参加，村委几个干部要查处，换人再说。”陈聪平果断地说。

……

八村村党支书被开除党籍，撤职。查出了他受贿贪污，送司法机关法办了。

八村主任、会计都有索贿贪污行为，被追究刑事责任，进了看守所。他们的发财梦破灭了，那个在现场鼓噪的劳改释放犯也被抓进了看守所。一场风波平息了，因祸得福，赤砺工业镇将有一座大戏院和一座公园……

第十九章 地陷

赤砺制衣工业在波涛风浪中前进着，尽管在发展过程中遇到许多风波、人祸、天灾，然而每次天灾人祸之后，又有一波新的发展。而今全赤砺众多制衣工厂中，已经有80多家固定资产超过3000万元，有10家企业固定资产超亿元。赤砺正在健康地发展，走向工业化的康庄大道……

"新屋村倒屋了……"忽然有人慌慌张张地走进镇政府，边走边喊。

"什么？倒屋？"庄华源闻声赶出大门

问。“都要过年了？怎么会？真实的？”庄华源不大相信，他怀疑有人制造谣言，生事破坏欢度春节。

“真实的啊！新屋倒了十几座啊！”报信的村民大声呼喊着。

“那那快去看看……”庄华源和镇委书记、镇长一班人，急匆匆跑向新屋村。新屋村位于赤砺上浦南边，与黄屋村相连着，黄屋村是一个贫穷的农业村，无工厂。新屋村村民害怕人家占了他们的田地，不欢迎外商侨商进村办厂。

一群镇干部走进新屋村，一看：不得了，横直有好几座“下山虎”（潮汕农村建筑）倾斜倒塌，有的地面下沉，屋墙有多处裂缝，裂缝很宽，有的裂缝宽达十多厘米，手掌能伸进去。干部们走进一巷一看，巷中倒了3座。二巷、三巷、四巷……巷巷有倒屋。细心的庄华源点了一下，全倒的有16座，倒一半的有12座，裂了墙的有30多座，这些房屋都不能居住了。村民们都抱着棉被坐在巷上，天寒地冻，灾民在瑟瑟寒风中颤抖着……

商会庄振强领着一班工厂老板、侨商来了。县委副书记陈聪平接到电话，亲自开车赶来了。眼前这一派狼藉灾情，令人痛心，寒冬腊月，怎么会出现如此天灾呢？陈聪平百思莫解。

“地都裂了……”

“下沉了。”庄振强蹲在地上仔细看着。陈聪平、庄华源、镇长、书记、厂长们、侨商们，走进倒塌房子，一处处细看。一巷三座有位叫黄美卿的中年妇女，痛苦地抽泣着：

“我婆婆有病啊！你们看……”黄美卿指着睡在地上的老妇人，其情悲惨啊！陈聪平抹去眼角泪水，这位高大汉子流泪了。“镇长呢？快安排受灾村民居住……”他大声地喊道。

“村小学空着，学生放假了……”村党支书黄新林说。

“先安排在学校住下……”陈聪平上前抱起倒在地上的老大娘。

“村委会也有空房，可以住几户……”村长黄德秋说。

“我们商会先捐出10万元给灾民买衣被……”庄振强说。

“我捐5万元！”庄思潮举手说。

“我也捐2万元！”

“我也捐3万元！”

……

十几位闻讯而来的厂长纷纷伸出温暖的手，慷慨解囊。

“还要先搭临时房屋，安排住校舍不是长久计。”陈聪平对着镇长交代。

县委书记不知什么时候来了，他从人群中走了出来。

“县里再困难也要办，先拨10万元救灾……”

“镇长、镇干部留在这里安排灾民，我们到镇上查究原因……”县委书记征求陈聪平的意见。

“好，一定要查究明白，采取后续安全措施。”陈聪平边走边说。

一路上人们看到，上浦的许多工厂大门外大都有下沉裂缝。

“不好！这边工厂也在下沉……”庄振强指着裂缝说。

“那不得了啊！我们的工厂……”庄思潮惊恐地喊着。

“这是地基下沉啊！”庄华源指着裂缝说。

“我估计上浦都有下沉可能……”陈聪平摇了摇头说。

“是地基下沉，地下水……”忽然有人在后面大声说，原来县长闻讯打电话到市里，请来市地质局工程师。

“你是……”陈聪平问。

“他是林县长请来的。”县政府办公室主任上前说。

“我是市地质局的工作人员，我们今天就派钻探队到上浦探查地下情形……”工程师说。

“好好好，越快越好……”陈聪平上前握着工程师的手说。

……

原因查出来了，赤砺上浦地下水严重下降，引发地基下沉……

“为什么？”庄华源百思莫解，“好好的，我们的地下水怎么下降了？”

“这是过度抽取地下水造成的灾害……”市钻探队长说。

“抽取地下水？有吗？”陈聪平问道。

“有，我们全乡、全镇家家户户都有机井抽地下水……”庄振强感叹地，“户户人人都抽井水啊……”

“不是用自来水？”陈聪平问。

“我们自古没有自来水，距离潮江又很远，一直都是用井水……”庄华源补充道。

“成千上万户居民都抽井水？”陈聪平惊愕地瞪大眼睛。

“这就对了，原来居民生活用水量不太大，地基未有下沉，而今众多工厂大量用水，都抽地下水，哪会不沉啊！雪上加霜啊！”钻探队长无奈地说。

“这可如何是好？怎么改？”庄华源束手无策。

“停抽地下水……”市地质局工程师说。

“停抽？那生产、生活全停……”庄振强站起来吼道。

“上浦不是有两座水库吗？”庄华源想起来了，山上有两座水库。

“有水库？用水库水……”陈聪平说。

“有啊！鸡笼水库和天平架水库，50年代建成的啊！”庄振强说。

“那就用水库水啊！”陈聪平拍了一下桌子说，“越快越好……”

“鸡笼水库要过两座大山，离上浦有几十里远。天平架水库更远了，在四五座大山外，到上浦路程很远，水库水运到上浦，都消尽了啊！”庄振强无奈地说。

“铺设水管，设自来水厂……”市地质局工程师建议。

“哇！那要多少资金啊！”庄华源说到钱难住了。

“再多钱也要设法，事关子孙万代啊！”陈聪平坚持着。

“这资金……”庄振强有些为难了。

“设计预算一下……”陈聪平指示，“成立个供水办公室。”

“对，请各个厂厂长、侨商参加筹备……”庄华源眼睛一亮说。

“募捐？”庄振强问。

“对对对，谁用水谁出钱！”庄华源拍巴掌赞成。

“全镇有多少工厂？”陈聪平问。

“现在有300多家。”庄振强答道，“商会有存档。”

……

赤砺自来水筹建处成立了，县自来水厂派来工程师和设计技术人员，镇党委书记挂帅。全镇有8个大厂老板参加，庄振强是其中之一，华侨商人有庄思潮、庄昌业等3人参加。测量队是县公路局派来的。捐资、测量、设计、画图纸、选址……所有项目同时进行着。庄华源负责募捐，他已经出发到国外找同乡会募捐去了……

1800多万元的预算，募捐到的资金有2000多万，资金充足，赤砺历史上第一座自来水厂开工了……

新屋村倒塌的18座房屋，损坏的20多座，必须拆除重建。县里给每户灾民补贴一万元。但是要建一座下山虎，一万元啊，真的是杯水车薪。这一天，一群灾民到镇政府哭诉："无家可归……"

"怎么办？镇里分文全无……"镇委书记摊开双手，无可奈何地说。

"请商会帮帮忙！"镇长提议。

"对对对，还得靠各位老板帮忙……"镇党委书记给庄振强打电话。

庄振强会长来了。

"阿振强会长，你是省人大代表，讲话有人听啊！"书记笑着说。

"你们又是叫我去当乞丐？"庄振强开玩笑说。

"新屋村的倒屋急需重建，你请老板们帮帮忙。"

"那要多少啊！"

"一户补8万，你看……"镇长说。

"多少户？"庄振强有点为难的样子，"再请厂长们出血怕不灵了啊！"

"做做工作嘛！"书记笑着说。

"全倒的18户，每户补8万；损坏的22户，每户补3万……"书记屈着手指说。

“我算一下，要200万出头啊！”庄振强张开大口说。

“是啊，200万有多……”

“再去募捐怕是不行了，我看在扩建公路的余额中开支吧！要问一下老源兄……”庄振强无可奈何地，“只有这样了……”

“好，老源那里好办，我们开个党委会……”镇委书记眉开眼笑。

“你先办吧！派现金！”镇长说。

“镇里去派发吧！”庄振强补充道。

“好，我们由政府去办……”镇长说。

“还是我们和老板们去新屋村开个现场座谈会，请灾民参加。会上派发！”镇委书记想走群众路线，树立自己的威信哩。

“好，我们参加……”庄振强果断地答道。又问：“何时开这个会？”

“后天吧！我们通知村委会准备一下……”镇委书记说。

“不去丰发酒店开几桌？”庄振强想起了镇政府开座谈会总在丰发宾馆三楼开几桌，边吃边开。

“不了，救灾救难啊！”镇委书记忙回应。

……

这一天，新屋村村委会，小小会议室挤满了开会的人。有几位灾民拐着棍杖来参加。

座谈会上，镇委书记说明会议内容。然后由商会会长庄振强和侨商代表庄思潮一一给灾民们发救济资金……

第二十章 风雷行动

今天上浦四村庄应秋制衣厂发生了一件怪事，牛仔裤车间跑进几个小孩，其中有5个女孩，还有1个男孩，在车间里跑来跑去追逐着玩耍。那个五六岁的男孩跑到车工舒广成车床边，捡了一块半成品布料，披在肩上嬉戏，还哈哈大笑，好玩啊！舒广成一看，那是一块裤腿料。小孩拿了去，这条牛仔裤就做不成了，他慌忙追了上去，从小孩肩膀上抢回那块布料。那小孩不肯给，一双小手拉住了。

“你做啥子嘛……”小孩喊道。舒广成一听一愣，瞪着大眼看这个小孩，这老板的儿子怎么一口川贵口音呢？

“你是那啥？”舒广成是四川人。

“我爹是老板，管你的啥……”小孩用川贵话答道。

“你是庄老板庄应秋的儿子……”舒广成用疑惑的眼光盯着眼前这个会讲川贵话的潮汕儿童，心中浮起了疑云，他使劲拉回那块裤料，想着想着……

当晚下班后，舒广成到了老乡舒广友宿舍间聊聊天，说了这件事。

“不可能，不可能……”舒广友摇头说，“这厂是赤砺上浦人开的，老板是本地人，老板的儿子怎么可能讲川话？”

“不信，你去我车间走一走，老板的儿女们常到车间玩耍。”

“那个……”舒广友一头迷雾。舒广友是庄振强制衣厂线长，他和庄振强是好朋友。翌日上班，庄振强到车间检查流程情况，他在和舒广友谈增加任务时，舒广友问他：“老板，你们本地人也会讲川话？”

“哪里哪里，川话比普通话还难讲啦！”

“小孩啊！小孩会不会容易学会？”

“不可能，我们村的小孩都讲潮汕话，小孩更无机会接近四川人，怎么会？”庄振强摇了摇头笑吟吟地，“你太过搞笑了……”

“不是的，有有有……”舒广友认真答道。

“有？”

“嗯！四村庄应秋，庄老板的小儿子就会讲川话，我老乡在他工厂做工，亲耳听见……”

“有这事？四村庄应秋，他哪有儿子啊！乱说。他生了5个都是女的，5个女儿……”庄应秋生了5个仙女，上浦人都知道。

“真是的，老板，我都觉得怪怪……”

“噢……”庄振强莫名其妙。

那天晚上，他和庄华源到庄应秋家里喝工夫茶，以了解工厂安全生产为话头聊天。忽见一群小孩在客厅里追逐游戏，在几个女孩中有一个五六岁的男孩大哭大叫：

“做啥子嘛，抢了我的汽车……”一口川口音。庄应秋上前赶走了这群小孩……

明白了，庄振强明白了，庄应秋买了个外省男孩。之前听闻上浦有人买小孩，但只是听闻，而今亲眼看见了，看见了庄应秋老板有个外省小孩。他和庄华源打了个眼色，走了……

“老源，看来赤砺有人买小孩的传闻是真实的啊！”庄振强把庄华源拉到商会，在他小房间里冲工夫茶。

“我都听说过，不过没有看到过的，今天是看见真人了，怎么办？”

“这事太缺德，无阴功。哼！害人啊！是不是找派出所老李所长一谈……”庄振强想找派出所报案。

“那可不行，派出所所长和阿应秋是死党老友，你找他？”庄华源提醒道。

“这么说，有勾结。”

“不是，是有钱使得鬼推磨。”庄华源道出了金钱交易黑幕一角。

“这事镇党委镇政府应该管。”庄振强说。

“镇里？我看你是给他们通风……”

“镇里也早知这些事？”

“哼！你说呢？这事得保密，还要保住我们自身。”庄华源小心翼翼，放低声音。

“那我们商会要插手管？”

“我们商会也无权啊！”

“哪个有权？”

“公安局，县公安局！”庄华源举起茶杯说。

“那我们去……”

“我们去公安局报，也不知有没有效果……”庄华源猜想着问题背后的黑幕。

“那那那……”庄振强无奈了。

“找陈书记，陈聪平，他公道。”庄华源说完一口喝下手里那杯工夫茶……

翌日，他俩静悄悄地上了县城，找到管政法的县委副书记陈聪平，在陈聪平房间悄悄地说了赤砺上浦买小孩的事。

“噢！这件事我也有所闻，不过，你们通过商会摸摸底，赤砺有几个老板买了小孩，住址姓名。你们去无人怀疑，一定要保密……”

“好，我们摸一下。”庄华源点头说。

“派出所和镇里……”庄振强还是想通过派出所和镇政府明查。

“要是可以明令，不会有今日，一定要暗访，确实之后，把人贩子抓出来斩草除根。”陈聪平果断地挥手说。

潮汕人，特别是潮海人、赤砺人重男轻女，成了历史问题，在他们的传统意识中，一生必须有1至2个男孩，传宗接代，没有男孩会让乡里人笑话哩。因此，生男孩是重中之重。四村的庄应秋是个大老板，工厂大，公司大，钱多，有头有面，单是制衣厂就有上千工人啊！然而让他没脸面的是连连生了五个女孩，五朵金花，脸面尽无。因此，他千方百计，四处求神拜佛，请佛祖、观音赐一个男孩。可惜了，他老婆因为严重超生，早被强制结扎了，他只得想法子了……

傍晚，公安局突然从各镇派出所抽调了40多名民警，在县委小礼堂开会。公安局局长林乐欣布置了任务，所有民警把手机留下，不许带走。夜幕降临了，他们乘坐大班车，直奔赤砺上浦，“风雷行动”开始了。他们按庄华源秘密提供的名单地址，暗中指定派出所一位民警带路，突然降临各街巷，找出从外地买来的男孩，并把户主带走，留置审查……

神秘的“风雷行动”，从赤砺十三个村解救了被卖到这里的云、贵、川男童17个……

“风雷行动”不仅解救了这批外省儿童，更解救了这十几个儿童的父母。这些父母为了寻找被盗卖的儿子，倾家荡产，全国奔走寻觅，那惨情可想而知。

买小孩的户主们交代了卖小孩的嫌疑人。嫌疑人竟是一个团伙，隐藏在惠海县，表面是以开烟茶酒杂货店为营生，暗中是一个盗卖人口的团伙组织。

主要嫌疑人吴德存，组织了在本县打工的外省人输送外省男童，不问来路。

“云贵川那边的人呢？”

县公安局审讯室严厉地审讯道。

“这个，这个……”矮个子吴德存，矮仔多计，吞吞吐吐。

“你想判死刑……”林局长愤怒了。

“不、不是的，我说，我坦白，望政府放过我这条命……”

“那你说！”刑警队长说。

“我以前在贵州买木材……”

“在哪个地方？”

“贵平，在那里认识了一个姓许的朋友，他是专门提供人口的，有儿童，有妇女。那时我的主要业务是做木材生意。这几年没什么人建房子了，无生意，我只好开个小店，出海捕鱼，去年他找上门来，谈了这单生意……”

“你们一共多少人？”林局长问。

“这乡里就我们两兄弟和贵州那边有两人。”

“怎么联络，外省那边呢？”林局长问。

“黎平山区有个点，不知多少人，由他们买了人送来，我们这边负责找买主，价钱由他们定，我们赚加价那部分……”

“现在贵州那边有人在你们村里吗？”

“有两人，出海捕鱼了，平时他们都受雇出海，有买主才回老家接人……”

“什么时候回村？”刑警队长问。

“这两三天吧！他们都出海有半个月了。”

……

3天后，扮成渔民的潮海县公安局刑警队民警5人，带着吴德存在暗地里埋伏着。

傍晚，太阳刚下海，一艘艘渔船回来了，渔民们陆续上岸，吴德存暗中指认，便衣警察迅速扑了上去，抓住了，铐住了，两个嫌疑人落网了。

……

“你叫什么名？”

“舒广全……”

“我们为什么铐了你？”

“不知道。”

这时民警押上吴德存。舒广全一看，坏了，事情败露了，他无奈地低下了头说道：

“我们在贵州那边有个点，有几个人……”

舒广全交代了在贵州同伙的姓名及窝藏点。潮海县公安局刑警队5人，乘飞机飞往贵州再转车到山区，在当地派出所的帮助下，抓到了5名偷小孩转卖的嫌疑犯，押回潮海……

通过审讯再审讯，犯罪嫌疑人交代了偷小孩的经过。

翌日，陈聪平一干人去了县孤儿院，探望了那十几个被偷卖到潮海赤砺的儿童。

……

陈聪平组织了一个慰问团，护送孩子们到贵州省××县公安局，请他们协助寻找小孩们的亲生父母。

慰问团由公安局刑警队办案人员、县民政局人员、赤砺商会成员等12人组成……

庄振强小组带着庄应秋购买的那个小孩，在当地派出所的协助下，找到了这个儿童的家。

进门一看，庄振强收住了脚步，惊呆了。一间空空的大房，几块木床板，没有蚊帐，没有桌椅，有几块石头当椅子，有块木板架在石头上，一贫如洗。这时一位老妇人跛着脚迎上前问道：

“贵客……”

“奶奶……”小孩一头扑上去抱着老妇人的脚。

“阿童！孙儿啊！是你啊……”老人蹲下去对着面前的小孩，呆呆地望着：“哎哟啊！孙儿啊！你爸到处找你，至今未回……”老人老泪纵横。“奶奶……”小孩抽泣着扑进老人怀里。

“大娘、大娘……”庄振强上前扶起老大娘，坐在床上。

“哎呀啊！贵客贵客，你看，椅都无一张，为了寻找失踪孙儿，家都破了啊！贵人，你们是贵人啊！”

“大娘……”当地派出所所长讲述了寻得她孙儿的经过。

“哇呀！贵人、恩人……”老大娘咚一声跪在庄振强面前。

“哇！不好，不能这样……”庄振强忙上前扶起了老大娘。

“爸呢？爸爸……”小孩在寻找父亲。

“你爸四处去寻找你啊！”

“妈……”这时门外忽然响起一阵脚步声，冲进一个大汉，头发长长披肩，中等身材。

“爸爸……”小孩扑了上去。

“儿啊！你看，恩人把孙儿送回家……”老妇人擦着眼角泪水。

汉子忽然抱着小孩跪下了：

“恩人啊！我带儿子上市场时，儿子忽然丢了，被人偷了，我走遍全国啊，无归期……”

粗壮的汉子说着放声大哭起来……

“为了寻找儿子，我卖掉所有家产……”汉子悲惨地说道。

“孩子的妈妈呢？”

“我贫穷，又丢失了孩子，她又吵又闹，走了，不知去了哪里？”

“儿子啊！”一个披头散发的中年女人，冲进屋里抱着小孩，“我听派出所的人说，小孩回来了，我……”女人圆圆脸形，一脸泪水。

“我也四处寻找儿子啊！”那长胡子大汉把女人抱在怀里，大声痛哭，“我对不起你啊！阿梅……”夫妻抱头大哭，小孩抱着女人大喊：“妈呀、妈啊……”

“是我把儿子弄掉了啊！”汉子替妻子抹去泪水，然而泪水越抹越多，就像断了线的珠子。

“人贩子可恶、可恶……”庄振强看着这一家悲喜交集的情景，挥了挥拳头说，他从挎包掏出一沓钞票。

“这里2万元，买点家具吧！送小孩上学，今后要把孩子看紧了……”庄振强把钱塞给汉子，然后走了……

第二十一章 麒麟喷火

麒麟岭上浓烟滚滚，烈火漫山遍岭，远远望去，麒麟岭上一片浓烟火海……

麒麟岭，地处赤砺镇最北边沿，山那边邻县揭潮。山下有个小村，几十户人家生活在山脚么。

寒冬腊月，寒风呼啸，都快过年了，怎么了啊！山火大发！人们闻讯奔波十多里小公路赶往火场救火。山火不能用消防车，山无水，只能用棍打……麒麟岭上平时人烟稀少，是一片野生松林荒山，并无什么人居住，怎么有人间烟火呢?

火还在烧，人群还在拼命打火，一直到了下午，山火几近扑灭，但是山岭上依然白烟滚滚，悲痛的人群中，多少哀叹，多少泪水啊！山火烧死了6个人，这6个被烧死的是什么人？是救火人还是失火人？公安局消防科组织人力开展了广泛调查，县委副书记陈聪平在人群中，悲哀不已！

火从何而起，从麒麟一处山腰烧起，山窝里处处堆着垃圾。这里是赤砺工业镇垃圾填埋场。

从前，赤砺只是一个农业小镇，只有一些生活垃圾，平时也就把生活垃圾就近燃烧，然后把灰撒进田里。可是如今不同了，随着制衣工业的发展，制衣厂的布头布尾堆积如山，工业垃圾太多了，不能在寨内烧，于是找到这个无关重要的山窝作为全镇工业垃圾的填埋场。

调查有了初步结果，6个死者中有3人是附近乡里救火村民，他们不懂得方法，不知道打山火不能在火前打，要在火后面跟着打，他们跑到火前去打，被山火包围了，烧死了。还有3个死者都是外乡人，大都在五六十岁，尸体从山窝垃圾堆场找到的，送到火葬场收存，待其亲人来认……

有个叫舒木头的老人跑到镇政府哭天喊地，说他老伴在火中被烧死了，死在垃圾堆里。陈书记和庄华源请老人坐下，老人慢慢说来：

“我是云贵高原人，今年65岁了，老伴60……”

“你们也在那个工厂打工？”庄华源问。

“不是，我们没有打工，我们一起的有八九人吧，都是拾垃圾，拾荒……”

“拾荒，也上山打火？”陈书记用敬畏的眼光望着他。

“不，不是，我们是一群拾废品的老人，无职业，那个垃圾场的垃圾都是布头布尾，制衣废料，你们当垃圾，我们当宝贝，那东西比什么废品都值钱，我捡了去卖，比打工收入还多哩……”

“噢！明白了……”陈聪平恍然大悟，原来是赤砺镇这么多工厂的制衣边角废料，这拾荒老人们却似捡到宝。

“我们准备再捡两三天，凑多点钱回乡过年，谁知啊！天啊……”老人说着抱头大哭。

“你别伤心……”庄华源递上一杯工夫茶，“慢慢说。”

“今天一大早，又开来了四辆大货车垃圾。哇，太多布料了，我们几个老人分头去捡布碎。捡了一会儿，寒风吹来，一阵寒噤，我的老乡舒千木走去捡了一堆废布碎，在我们身后点燃烤火取暖。开始，我们也觉得有了温暖，不会颤抖了，也就无人理他，他又去点燃三堆火，想为大家做好事以大火取暖。大家正哈哈大笑感谢他时，忽然……”

老人忽然停住了，喉咙好像什么堵住了，那豆大泪珠在老人一脸夹皮沟上流淌着。

“天啊！”他大叫一声，往后一仰。陈聪平忙上前扶住：“快去卫生院叫医生……”

庄华源奔了出去，顷刻间医生来了，老人因为气冲而上，一口气堵住了，医生打了针，老人慢慢恢复神气。

“天，天不容我啊！突然一股山转风转了来，把三个火堆的火卷起了，有卷上山的，也有卷进垃圾堆的，一时间啊！风助火势，山坡上烧了起来，垃圾场烧了起来，烈火焰焰，浓烟滚滚，我们无处可逃，被包围在大火之中，天啊！我的老妻……”老人又大叫一声昏了过去。

老人被送进医院，由商会负责一切医疗费用……陈书记伤心了，伤心极了。工业镇啊，发了财，又发了灾啊！他内心十分自责，责怪为什么自己只顾向前发展，却没有顾得及发展背后的隐患！天天产生这么多工业垃圾如何处理？今天有个麒麟岭堆埋场，那么，堆满了呢？又堆哪里？要堆多少垃圾山，要烧多少山头啊，得不偿失啊！

怎么办？怎么办？如何处理工业镇这座日积月累的废品大山？

……

翌日，县委常委会上陈聪平提出这个议题。然而，面对这一个新议题，一个个领导都没了头绪。

善后，慰问，发赔偿金，可是人命不是能用钱买到的啊！赤砺工业废料处理问题成了市县两级政府、镇政府、商会一块大心病啊！

教训何其深刻……

第二十二章 真假人民币

由县公安局、民政局、赤砺商会组成的送归被盗卖儿童工作组回到了潮海，各回各单位。庄振强回到赤砺，翌日找到镇党委副书记庄华源，在商会庄振强办公室冲工夫茶聊天。

“你辛苦了，走了几千公里啊！振强。”庄华源喝着工夫茶，亲切温和地说。

“哎，我们这点辛苦算什么？你没去看一看，那边的农民太苦了，我去了庄应秋买的那个小孩子的家，家无余物啊！那些人贩子太可恶了，竟然偷了这般穷苦人家的儿子，雪上加霜啊！”

“是，这些贼人丧尽天良！”庄华源无限感叹。

“他们为了寻找失去的孩子，全国奔走寻找，倾家荡产啊！”庄振强感叹不已。

“我们乡里那十几个老板，为了什么传宗接代去买人口，无良啊！”庄华源有些激动。

“我想到了一件事……”庄振强忽地放下茶杯说。

“什么问题？”

“我想由商会拉头，发动老板们捐钱，捐多少都好，帮帮那些贫困乡村。”

“好是好，要不要报手续啊？”

“给县民政局打个招呼吧！我们以商会名义。”

“好！我去办，你在家开个座谈会……”庄华源当即拍板。

翌日，庄华源去县里请示汇报。庄振强把几位商会委员，也是赤砺几间大厂的老板，叫到商会开会，商量捐款的事。大家一听，都举手赞成，正豪厂老板庄应豪气愤地说：

“我们乡里那些买人口的老板要出多些，这些家伙害人啊！找他们算账……”年近60的庄老板气愤地举起茶杯，把茶水泼在地上。

捐款提议一致通过，由商会委员们分片包工，一家一家去动员，许多厂主们热烈支持，纷纷派人把捐款送到商会财务室。

……

商会出纳庄丽娜，正在验收各厂派人送来的捐资现金，一包一包地查验，登记入账。庄丽娜验收到庄盛达工厂送来的这包现金5万元，觉得有些异样，纸质不同，票面颜色有些模糊。她马上用点钞机检验，再三过机，在第三次过机时，警报响了：“假钱……”庄丽娜大叫一声。她立即打电话给会长庄振强。庄振强闻讯急匆匆赶来。

“什么？假钞……”

“是，这一包是假钞……”

“多少钱？”

“5万元。”

“哪间厂的？”

“盛达，盛达公司的。”庄丽娜把那包钱的白纸递给庄振强，纸上有一行字：“盛达公司5万。”

“找他……”庄振强立即给庄盛达打电话，庄盛达一听，假钱？那还得了，他急忙去公司财务室找到出纳庄美英。

“我叫你去银行支5万元送商会，你……”

“是啊！我办了啊！刚才有人来交货款，我无时间，叫记账员去银行取款交商会啊！还交代他用纸包好，写公司名……”

“那、那记账员肖金生呢？”财务室不见了肖金生。

“啊！他今天请假了，说是感冒了，去看病……”会计说。

“快把他找回来……”庄盛达发火了……

肖金生跑了，没有回厂，一天、两天、三天……杳无音信，没了下落。那5万元拿去银行检验，假币，全是假币。天啊，兴旺发达的赤砺哪能有假币呢？祸从天降，名誉扫地，庄振强会长急得团团转。

“报警！”他大吼一声，给公安局林局长打了电话。林局长一听，不得了，本县出了假钞？他急忙同刑侦队长、保卫科长一行3人，开车赶往赤砺商会……

在赤砺商会里，林局长看了那包假钞，把老板庄盛达传唤到派出所问讯。

“你们厂怎么有假钞？”刑警队长问。

“我都不知此事，不是我经办……”庄老板无奈地说。

“哪个经办？”保卫科长站起来问。

“财务出纳庄美英……”

“传她到派出所……”林局长下令说。

派出所一位民警慌忙去传呼……

庄美英走进派出所，吓得一脸灰白，全身发抖，她未见过如此阵势啊！她尖尖的鼻头滴着汗珠。

“这钱是你给的？”保卫科长严厉地问。

“是、是，不不不……”

“是还是不是？”林局长说，“你不用怕，如实说来。”

“银行的啊！我开了现金支票，记账员肖金生去银行提现金，送去商会啊……”

“银行！银行哪会出假钞？”保卫科长问。

“那不知啊！肖金生经手……”庄美英诺诺地说。

“庄老板，肖金生呢？”林局长转头问庄盛达。

“不知去哪了，正在找……”庄老板答道。

“噢！跑了……”

“追查、寻找、找关系人……”林局长急忙说道。

……

是的。这5万元是记账员肖金生经手，是他把银行支取的真币留下，换上这包假钞。风声一起，他急忙跑了，不辞而别，下落不明。

“找到他家……”林局长说；

“肖金生是外省人，从外省来打工的。”

事件过去十几天，那肖金生仍旧下落不明。

这天盛达制衣厂二车间拉长肖强民，忽然接到一个陌生手机号码打来的电话。

“阿强吗？我是金生啊！”电话是肖金生打来的。

“你怎么是这个号？”

“换了、换了，那个电话丢了……”

“老乡，你跑哪去了啊？工资奖金都不要……”

“我正为此事要请你帮忙，上个月的工资和今年的奖金，我估计有6000多元，请你帮我代领……”

“我、我恐怕难领，老板正在找你……”

“不怕，你就讲我病了，去外地治病，托你代领，我们可是老乡啊！也是我带你来赤砺入厂的啊！”

“好，我试一试……”

发钱了，工资和年终奖金一起发，盛达厂财务室人来人往。

肖强民上前要帮肖金生代领工资，出纳员给老板打了电话。庄盛达闻讯赶到财务室，把肖强民叫到他办公室问：

“你替谁领钱？”

“肖金生啊！老乡……”

“肖金生在哪里？”

“不知道啊！是他给我打了电话……”

“号码呢？”

肖强民找出号码，递上手机。但此时老板想到必须告诉庄会长，于是他收了肖强民手机，叫人看住了肖强民。

庄振强一听，忙给派出所打电话，派出所所长向局里刑警队长汇报。

两个小时后，县公安局林局长、郭队长飞车赶到赤砺派出所，把肖强民传到派出所问话，庄盛达和出纳庄美英都陪着。

“肖金生给你打电话了？”刑警队长问。

“是，打了！”

“电话呢？”

“老板拿去了！”

庄盛达忙递上他的电话，派出所所长查出那个打进来的号码。

“是这个吗？”刑警队长问。

“是！”

“这样，下午给他打电话，问他在哪里交钱？”林局长说。

“好好好，我听政府的……”

稍后，林局长忙把技术科长找来。下午在派出所里叫肖强民打电话。

“喂喂……”电话响了。

“哪个？”对方问。

“金生啊！我啊！强民啊！钱领好了，7260元，在哪里给你？”

“我看在东莞，东莞火车站，明天中午吧！”电话那头说。

“好，不见不散。”

“你要悄悄来。不要告诉别人……”肖金生再三交代。

技术科长定了位。“电话从深圳打来的，但他约在东莞车站……”技术科长说。

“我们兵分两路……”林局长在所长室布置了方案。

潮海县公安局民警，兵分两路，穿便衣，深圳火车站那个电话定位处扑空了。东莞火车站撒了网，等着鱼儿入网。

“金生哥……”肖强民在人群中看见老乡肖金生，便大喊。便衣民警一听顺着声音看过去。

“在那……”肖强民指着人群中的肖金生。民警扑上，按住了肖金生……

肖金生被押回潮海公安局，审讯开始了。

“你叫什么姓名？”刑警队长问。

“肖金生。”

“地址？”

“××省，朱莫市……”

“在哪里工作？”

“原在赤砺盛达厂，现在东莞火车站做清洁工。”

“我们为什么抓你？”郭队长问。

“不不不知道……”

“不知道？嘿……”郭队长把那包假钞摆在他面前。

“我不明白，不是我的……”

“嘿，你做把戏啊！你在拘留证上留的手指模和这纸上的指模完全一致，你敢说不是你的？”

“我、我……”

肖金生在证据面前，无奈地承认了：

“是我把在银行取的钱换了……”

“这假钞从何处来？”保卫科长问。

“我我我……”肖金生吞吞吐吐。

“哪来的？”林局长一直沉默着，突然，他发威了。

“是、是我从以前的老板那里买入的……”

肖金生交代了，他在从前那个印刷厂老板洪松海处购入这批假币，30元真人民币买100元假币……

“赤砺有印刷厂？”林局长问。

“有、有一间，在赤砺和贵雨镇交界的内山村有一间。”

林局长问赤砺派出所所长：“有备案吗？”

“有，因为赤砺工厂需要印包装和广告，都是这个厂包印……”

“包印……”

“老板什么名？”

“洪松山……”

洪松山是洪松海的堂兄，派出所所长查清楚了工厂成员姓名……

林乐欣局长向陈聪平副书记汇报了情况，陈聪平建议以检查安全防火为名，进厂检查，提取证据，有证据才有话可说。

由县消防、公安组成的防火安全队进入了赤砺，进行安全大检查，第一分队由林局长带队，直奔印刷厂检查。

印刷厂很正常，没有什么异样情况。

“这是从德国进口的四色彩印机……”老板洪松海介绍情况。

“还有摄像头？”刑警队长问。

“是啊！我们为了防盗、防火嘛！”洪老板理直气壮。

“厂房不小啊！”林局长敲了敲墙板。

“这不是砖墙吗？这么响？”林局长问。

“印刷厂为了防潮，在砖墙外加一层三合板。”

“噢……”

“老板听电话……”有个工人大喊。

“好……”老板走了。

林局长和郭队长在墙角处的一个文件柜前站住了。

“有响声……”郭队长耳贴文件柜听着。“动的、动的……”郭队长轻轻推开文件柜，里面机声隆隆，厂内有厂。

民警们冲进厂内厂，厂内厂的印刷机声隆隆，一张张100元人民币从输送带传出。旁边堆着一沓沓100元伪钞半成品，印刷机正在源源不断印出100元面额的假钞，真正的印钞厂，假币印钞厂。

“抓人、搬机……”林局长下达命令。

假币印钞机搬走了，工厂封了，老板跑了，下落不明，全国通缉……

第二十三章 祭社

清明节将近，赤砺服装工业镇开埠八周年，赤砺历史上第一座自来水厂建成投产，又逢十年一祭的祭社。因此，这一届祭社与往届大不相同，富裕了的村民，大比供品之高规格。

祭社，十年一祭，人人关注，户户参与，全村投入，其群众参与性之广，隆重热烈之场面，艺术大巡游水准之高，让你怎么都想象不到。什么是祭社呢？祭拜什么？

祭社的简约意义是纪念宋朝抗金南下官

兵。南宋晚期，金兵侵入中原，南宋战败，直往南撤。其中有一支队伍，由文天祥率领，撤到潮汕兴梅地区。在潮汕抗战中，有许多官兵战死。战死士兵太多，无法一一立碑下葬，只能集中合成一墓。生存下来的官兵在潮汕地区落户，他们大都是河南人，把中原文化，如剪纸、歌舞、武术等传播到潮汕地区，大大地开拓了潮汕文化。

清朝康熙皇帝，为了纪念这些历史上抗金的宋朝官兵，特颁旨奉为“宋朝大元帅”，并命由当地人轮流祭拜。从中原退到潮汕的宋兵在潮汕落户，一代又一代，变成了潮汕人。如潮汕陈姓族人，大都是河南颍川人氏。

特别的时日，特别的节日，特别的成就，成了这一届祭社的三重意义，意义重大。

祭社，十年一祭，一年两祭，清明、冬至各一次。这个规矩是所有外出的潮汕人都知道的，因此，大多潮汕人都依时赶来。

今年是赤砺上浦五房（族房）当值主祭。上浦在外国的华侨，在全国各地的乡亲有几十万人，他们大都依时赶回了故乡，加入祭社行列。这一轮是上浦五房主祭，即由他们组织公祭棚。那是最大型的公祭棚，用竹搭建而成，各村也有祭棚在各村中心点。另外清明前后都要去纪念坟墓地祭拜。上浦有两座宋朝大元帅墓，一座在田间，一座在龙山寺前。

各村英歌舞来了，你看：在锦旗上写着某村英歌队，英歌队108人，照梁山泊108好汉装扮，54人手持短棍击打，54人持小鼓挥舞击打。咚咚咚，咚咚咚……英歌锣鼓声响彻云天。后面又见潮汕大锣鼓尾随而来，大鼓，苏罗声声震天响。潮州大锣鼓很有讲究，讲究在“后棚”。什么是“后棚”？即在大锣鼓后面有古装戏演员化装成历史戏剧中的人物，如“穆桂英挂帅、三国群英、西游记四师徒、红楼梦贾宝玉……”游在大锣鼓后面。接着是游大旗，五色彩旗几十面，每面二丈长三尺宽，横抬着，专挑美丽少女抬旗，小男生扶旗尾，庄严隆重。潮汕人多，在此祭社之时显现了，你看人山人海，人头拥拥，但是他们不会推搡，规规矩矩站着。这是祭社时的规矩。

戏院中正在庆祝赤砺自来水厂建成典礼。只见镇委书记、镇长，还有县自来水公司工程技术人员在台上，却不见县委领导，也不见庄华源和工程总指挥庄振强。台下3000个座位，坐满了村民、干部。仔细看去，却见县委副书记陈聪平、镇委副书记庄华源、商会会长庄振强、侨商庄思潮等一班伙计，都坐在台下人群中间，人们用敬慕的眼光望去，用崇敬的眼神注视着这4位开拓赤砺服装工业镇的创始人物。

“哗哗哗……”掌声雷动，欢呼声不停。台上镇委书记的声音掩盖在雷鸣般的掌声中，听不见他在台上说什么。只见全场观众忽然站了起来，全都面向陈聪平、庄振强、庄华源、庄思潮……

我们没有忘记，是他们第一个吃螃蟹，勇于求索，办工厂被误解围攻仍坚定做改革的领头羊；是他们东奔西走筹措资金建设了现在这个现代化的服装工业镇；是他们带头为十几万村民创造了新赤砺，开创了今天安居乐业的幸福生活。赤砺服装驰名中外，使赤砺成为全国综合实力千强镇，全靠这几位冒着风险的开荒牛。“啪啪啪……”雷鸣般的掌声经久不息。陈聪平感动了，庄振强流下热泪了，庄华源站起来拍掌相庆，庄思潮高举双手，向乡亲们致谢。他们都站了起来，挥手致意，感谢乡亲们。

街上祭棚里更是热闹非凡，祭品独特，有全羊、全鱼、猪头、各种果品，祭台上插满香，香烟缭绕着、飘逸着。两旁有16支大香，大香特别大，有青竹那样粗大，5尺长，白烟阵阵，鞭炮不停。

祭拜的台桌由3张大方桌连在一起，每轮能够摆上祭品的只有不足10户人家，他们依照签号排队，轮流祭拜，不吵不闹，不拥不挤。

赤砺祭社，连祭十日，十年一祭。还要请剧团演出。现在有钱，请了第一潮剧团，要求连演十日，日夜各一场。今夜开场演的是著名潮剧明星姚璇秋主演的《苏六娘》。

戏开场了：“春风践约到园林，稍立花前独沉吟，表兄邀我为何故，转过了，东篱花圃……”美丽的姚璇秋扮演的苏六娘出台了，迈着碎步唱着……”

“哗！”顿时全场一片欢呼，掌声雷动，有人站了起来，有人大吼。“坐下、坐下……”保安在人群中维持秩序。赤砺人多年来只听过收音机里姚璇秋的声音，从未见到姚璇秋本人，赤砺人倾倒了，倾倒了，《苏六娘》连映十二场，欲罢不能。

……

中国大地上升起了“赤砺”这颗灿烂新星，闪烁在浩渺的天空上……